ハヤカワ文庫 SF
〈SF2296〉

宇宙英雄ローダン・シリーズ〈624〉

ヴァジェンダへの旅立ち

H・G・フランシス&H・G・エーヴェルス

鵜田良江・星谷 馨訳

JN172804

早川書房

8559

日本語版翻訳権独占
早　川　書　房

©2020 Hayakawa Publishing, Inc.

PERRY RHODAN
AUFBRUCH ZUM VAGENDA
DAS GLASLABYRINTH
by
H. G. Francis
H. G. Ewers
Copyright ©1985 by
Pabel-Moewig Verlag KG
Translated by
Yoshie Uda & Kaori Hoshiya
First published 2020 in Japan by
HAYAKAWA PUBLISHING, INC.
This book is published in Japan by
arrangement with
PABEL-MOEWIG VERLAG KG
through JAPAN UNI AGENCY, INC., TOKYO.

目次

ヴァジェンダへの旅立ち……………… 七
ガラスの迷宮……………………… 一三九
あとがきにかえて…………………… 二七七

ヴァジェンダへの旅立ち

登場人物

アトラン……………………………アルコン人。深淵の騎士

テングリ・レトス＝

　　　　テラクドシャン………ケスドシャン・ドームの守護者。

　　　　　　　　　　　　　　深淵の騎士

ジェン・サリク…………………テラナー。深淵の騎士

ドモ・ソクラト(ソクラテス)………ハルト人。アトランのオービター

ボンシン(つむじ風)……………アバカー。レトスのオービター

クリオ………………………………サイリン。サリクのオービター

ホルトの聖櫃………………………謎の箱

カグラマス・ヴロト……………ジャシェム。重力工場の長

フォルデルグリン・カルト…………同。大気工場の長

ギフィ・マローダー(モジャ)………もとアストラル漁師

ラーチ………………………………深淵の住民

クラルト ｝
ライーク ｝…………………………グレイの領主。領主判事

ヴァジェンダへの旅立ち

H・G・フランシス

1

領主ムータンは、死の前に時空エンジニアの無謀な計画について語った。時空エンジニアはこの計画に救済の望みをかけているという。実際にはそれがすべての深淵種族の破滅を意味することを、かれらは予想もしていないのだ。

われわれの計画は、できるだけ早くヴァジェンダまで向かうというものであった。ヴァジェンダは深淵の地の中央に位置し、距離にして二光月はなれている。転送機で行けるのでは、と、考えていたが、それは不可能と判明した。グレイの領主がサイバーランドと深淵のほかの地との転送機接続を遮断したためである。だが、凶報はこれだけではなかった。ほんの数時間前に、ヴァイタル・エネルギー貯蔵庫から急を告げるメッセージがとどいたのだ。貯蔵庫は、ヴァジェンダからの断片的な救難信号をキャッチしたという。その信号からわかったのは、グレイの領主たちがヴァジェンダへの総攻撃を開始したこと。深淵の地全体にグレイ軍団が展開し、ヴァイタル・エネルギーの流れを封印しようとしている。ヴァジェンダも重大な危機に瀕していた。ただちに行動しなければ。ジャシェムたちは、かれらの軍備から深淵内の移動手段を提供する用意があると告げた。ゴンドラである。

ゴンドラを見たとき、わたしは領主ムータンが使っていたものに似た構造をしていると思った。ジャシェムが用意したゴンドラは本来の全五層ではなく、一層のみからなるが、われわれの目的にはこれで充分だ。

「新品とはいかないようですね」と、ジェン・サリク。

「そんなことは問題ではないさ」テングリ・レトス＝テラクドシャンが応じる。「重要なのは、できるだけ早くヴァジェンダに行くことだから」

「そのとおりだ」わたしは賛成した。「これでなんとかなるだろう。わたしがフォルデルグリン・カルトの言葉を正確に理解できているのなら、このゴンドラは光速が出せる。かれは少々複雑な表現をしていたが」

「アルコン人のプロトプラズマ・コンピュータにはむずかしすぎたのか？」ホルトの聖《せい》櫃《ひつ》が皮肉めかしてたずねる。

「そうでもないがね」と、わたしは応じ、「なにはともあれ、カルトはわたしと話す気になってくれたのだ。つまりわれわれ、二カ月ほどでヴァジェンダに行けるということ」

「光速で二カ月？」ボンシンが驚き、わたしを疑いの目で見た。計算をはじめたようだが、途中であきらめ、ヴァジェンダまでどれほど距離があるのか想像しようとしている。やがて、不思議そうにかぶりを振った。「あなたが計算をまちがえているのか、深淵の地がものすごくひろいのか、どっちかなんだろうな」

「そういうことね」深紅の湖のクリオが同意する。彼女もつむじ風と同じく駆除部隊の防護服の模造品を着用しているが、その姿でもサイリンだとすぐにわかる。クリオのからだは洋梨形で、身長は三・五メートル以上。これに対して駆除者はヒューマノイドで、がっしりした長い頸の先に、こぶし大の頭部があった。その動きも、彼女とはまったくちがうのである。

「光速で二カ月」アバカーはくりかえした。「信じられないな。手遅れにならないうちにヴァジェンダに着けるといいけど」

この願いには、わたしも同意するのみであった。もっと早く目的地に着ければと思うが、ジャシェムが提供してくれるものでよしとするしかない。

ゴンドラには、われわれ全員に充分なスペースがあった。直径は五百メートルほど、高さは五十メートル。駆除者たちはすでに乗りこんでいた。飛行時間の長さも、深淵の地のとほうもないひろさも、気にかけていないようすだ。

そこへ二名のジャシェム、カグラマス・ヴロトとフォルデルグリン・カルトが驚くほどの速さで近づいてきた。かれらはアクティヴ体をとり、身体形態を変化させている。無数の擬似肢を動かしながら、急いでやってきた。ゴンドラを飛ばす役割を引き受けようというのだ。

「われわれ、サイバーランドを遅滞なくはなれると決意した」カグラマス・ヴロトが宣言した。身長五メートルのからだの側面に、ちいさな口をひとつつくっている。口の上ではブルーの目がひとつきらめいていた。その目で、よそよそしく冷淡にわたしを見る。

そもそも、説明をする必要があるとかれが考えたこと自体、驚きであった。ここ数日の出来ごとが身にしみているのだろう。

遠い昔、ジャシェムと時空エンジニアは衝突してたもとを分かった。ジャシェムは時空エンジニアのために深淵の地をつくり、いまも存在する生命維持の技術システムを設置したが、衝突ののち、ジャシェムは光の地平を去ってサイバーランドを築いたのである。自分たちと深淵のほかの地とのあいだに〝壁〟をつくり、それ以来、時空エンジニアやほかの深淵種族との接触を断ってきた。何万年ものあいだ、みずから望んだ孤立状態で暮らし、工場を監視し、科学技術の研究にはげんだ。〝壁〟の向こうの生活に興味を持つのは低俗で、〝正常ではない〟とさえ考えられていたのである。

グレイ領主の征服計画も、深淵諸種族の苦悩も、ジャシェムは意に介さなかった。自分たちはほかの者よりもはるかに上位にあると考え、壁の〝外〟の種族など存在しないかのように、ほかの者の願望や不安や窮状には関心を持たなかったのだ。結局のところ、想像もつかぬほど巨大な建造物、つまり深淵の地をつくったのはジャシェムであり、ほかのすべての者はそこで暮らしているのだから、自分たちは神のようなものだと思っているのかもしれない。

みずから望んだ孤立のために、一方ではジャシェムは耐えがたいほど傲慢になった。その一方で時空エンジニアを憎み、深淵の地で起こる災《わざわ》いはすべて時空エンジニアが原因だと考えるようになった。いまや、時空エンジニアに対するジャシェムの憎悪は最高潮に達しているはずだ。サイバーランドをはなれることを余儀なくされたのだから。

〝壁〟はもろくなっている。しとどめられた。それにくわえて領主ムータンが、時空エンジニアの、想定とはまったくちがう影響をもたらす計画について語ったのだった。

ジャシェムたちが動揺しているのは、わたしにもよく理解できた。カグラマス・ヴロトとフォルデルグリン・カルトが何歳なのかは知らないが、聞いたところによれば、もっとも長生きした場合、ジャシェムは深淵年で四万歳まで生きるという。二名ともサイバーランドで長いあいだ生きてきたのはまちがいない。それが、今回の出発でこれまでとはまったく異なる生活に足を踏み入れるわけだ。じつのところ、この二名がわれわれに同行する気になったことに、わたしは驚いていた。

だが、それについてたずねるのはひかえた。どのような答えが返ってくるのか、予想できたから。

ジャシェム二名にとり、わたしはプロトプラズマ・ベースの複製マシンにすぎない。蛋白質《たんぱく》とアミノ酸からなるコンピュータが、生化学性・化学電子性の制御インパルスを用いて操縦しているわけだ。

そのようなマシンが問いをたてたりはしない。まして、数万年もかけて鉄のように硬直し、自分たちは神々に近いと思いこんでいる者に、個人的なことをたずねるなどありえなかった。

カグラマス・ヴロトは〝蛋白質とアミノ酸からなるコンピュータ〟の性能など疑わしいと思っているにちがいない。そのようなものがゴンドラほどのきわめて複雑な装置を飛ばせるはずがなく、ましてやこれほど重要な遠征の責任をとれるわけがないと、はっきり表明したのだ。

わたしにしてみれば、ジャシェム二名が同行し、ゴンドラの面倒をみてくれるのは、じつに好都合だった。技術的な問題が起きた場合に、かれらほど迅速にうまく対処できる者は、われわれのなかにはいないのだから。

ジェン・サリクが横からわたしを見ている。先ほどふたたびあらわれたホルトの聖櫃が、空中を浮遊しながらわれわれを追いぬき、ゴンドラに乗りこんだ。それにつむじ風とレトス、ハルト人のドモ・ソクラトと深紅の湖のクリオがつづく。サリクとわたしがしんがりをつとめた。

幅のひろい通廊がゴンドラの奥までつづいている。いくつもの側廊が枝分かれしていた。複数の反重力シャフトが上部デッキまでつながっている。あらゆる方向から駆除者のちいさな声が聞こえた。独特の甲高《かんだか》い響きである。

われわれは操縦室からほんの数歩はなれたキャビンに足を踏み入れた。装甲プラスト製ガラスの向こうにジャシシェム二名が見える。二名は触手に似た形成物を数本つくりだし、その触手でゴンドラのスイッチを操作していた。

そこはちらりとのぞいたのみだ。操縦室前面の窓ごしに〝壁〟が見える。

フォルデルグリン・カルトがゴンドラをスタートさせて、機は上昇した。加速は感じられないが、高速で疾駆し、深淵定数に向かって進んでいく。

わたしはすわり心地のいいシートに腰かけ、背中をあずけた。少々疲れていた。

このゴンドラで二カ月間、深淵の地の上空を秒速三十万キロメートルで疾駆しながらすごすことになる。ヴァジェンダまで二光月。わたしは思わず自問した。どれほど多くの、これまでに聞いたこともない種族の頭上を飛んでいくのだろうか。

わたしはジェン・サリクに向きなおった。だが、かれが眠っている姿が目に入る。

二カ月。

ひと休みし、リラックスできる時間である。まるで、深淵の出来ごとから身を引いてしまったかのように。

二カ月。

いままで、これほど時間ができた記憶はない。これまでに起きた出来ごとについて、おちついてじっくりと考えられるだろう。

*

一週間後、突然ゴンドラに衝撃がはしった。そのときわたしは、駆除者が二百名ほど集《つど》う大きなホールにいた。もめごとの仲裁をしようとしていたから。

ちょうど話しているとき、数名の深淵警察が床に倒れ、鋭い悲鳴をあげた。わたしはすぐに身をひるがえし、ティラン防護服の力で操縦室の方向へと急いだ。

「着陸しました」自室キャビンに足を踏み入れると、ジェン・サリクがいった。ほかの者とともに装甲プラスト製ガラスのそばに立ち、ジャシェム二名を見ている。二名はこの瞬間、パッシヴ体からアクティヴ体に変わった。やはりゴンドラが着陸して驚いているようだ。

「着陸した？　なぜだ？」わたしはたずねた。どれほど大きな力がこのゴンドラを引きぶる。


とめたのか、想像しようとして。

サリクは肩をすくめた。

「グレイの領主かもしれませんね。サイバーランドでの戦闘のあいだに領主ムータンがゴンドラの技術装置に手をくわえ、バリアに似た作用で強制着陸するようにしたとか」

なにかがうなりをあげて上方を飛んでいった。ついで、爆発が何度かゴンドラを揺さぶる。

前面の窓ごしでは、地面でなにが起きているのかわからない。操縦室の高さがすくなくとも二十メートルはあるから。休みなく閃光がはしるのは見えた。窓の前で煙の柱があがっていく。

「どこでもっとよく見えるのか、わかるよ」つむじ風が叫び、先に立って急いだ。着いたのは、ゴンドラ側面にいくつかの舷窓がある一キャビンだ。

「外では戦ってるよ」アバカーがいう。「戦争をしてるんだ」

かれのいうとおりだった。ゴンドラは戦場のまんなかに着陸していた。あたり一面で、ほぼ休みなく榴弾が炸裂している。飛翔機がうなりをあげてそばを飛び去った。操縦士が見えるほど近い。われわれは飛翔機が爆弾を戦場に投下するさまを目で追った。装甲車輌が砲撃しながら地表を進軍している。それにつづく兵士たちには、敵の攻撃に対する防御のそなえが比較的ないようだ。

突如として、われわれのいる窓の外側で小型の砲弾が連続して爆発した。窓を破壊するほど強力ではないが、退散することにした。

サリクとわたしは操縦室へと急いだ。なぜ再スタートしないのか、理由を知りたかったから。

ジャシェム二名を見て、訊いてもむだと瞬時にわかった。ゴンドラはスタートできない。どこかが損傷したのだ。どのような損傷かは推測するしかなく、最後までわからないかもしれない。だがたしかなのは、この戦場で戦う者の砲撃が原因であるはずはないということ。ゴンドラの速度は砲弾よりもはるかに速いため、戦場の何千キロメートルも手前で着弾したことになるから。われわれがよりによってここに着陸したのは、たんなる偶然にすぎない。

ジャシェム二名は、興奮し、あわてているようだ。数十のスイッチを同時に操作しようと、いくつもの擬似肢と目をつくりだしている。だが、わたしはこのような状況を何百回も経験している。判断もくだせるというもの。

「状況は深刻だ」わたしはいった。「われわれ、戦場のまんなかにいる。遅かれ早かれ両陣営のどちらかがわれわれを敵側の者と考え、砲撃を開始するはず。そうなればはるかにひどい損傷を受け、スタートは不可能になるだろう」

われわれはまだ全行程のほんの一部しか進んでいなかった。サイバーランドからは、二千億キロメートルはなれたのみ。

操縦室の窓のすぐ前で榴弾がひとつ炸裂した。赤熱《せきねつ》が平面状にひろがる。

「ジャシェムは防御バリアを張ったわけだ」と、ジェン・サリク。

「だが、あまり高性能ではないな」わたしは応じた。「どうする？」

「外の戦闘をすぐに終わらせるべきでしょうね」サリクが答える。「じつにばかげていますよ。グレイ作用があらゆる方向から迫っていて、数日後にはここのすべてがグレイの地になってしまう。そうなれば、戦争などどちらの陣営にとっても重要ではなくなるでしょう。勝者も敗者も区別がつかなくなるから。すべてがグレイになる、かれらの環境さえも。この戦争の原因も、なんの意味もなくなるというもの」

「だが、どうすれば砲撃をやめさせられるのだ？　なにかアイデアは？」

「考えられるのはひとつだけ」と、サリク。「両陣営の本陣を占領し、無力化するのです。指揮官は戦闘の停止を命じるしかなくなるでしょう」

フォルデルグリン・カルトが振りかえり、われわれのほうに近づいてきた。操縦室とのあいだを隔てる装甲プラスト製ガラスの一枚が下へおりて、話せるようになる。

「すでにいくつか命中弾を受けた」と、告げる。「介入してもらいたい。さもなくば、ゴンドラはもっとひどい損傷を受け、数週間スタートできなくなるだろう」

カルトとカグラマス・ヴロトがきわめて動揺しているのはわかった。われわれに、すぐに行動するよううながしている。

「われわれでなんとかしよう」わたしは応じた。「それも、迅速に」

一瞬にして打ち合わせはすんだ。サリクとわたしは一方の側の前線に向かって飛翔し、つむじ風はレトスとともにもう一方の前線へとテレポーテーションした。ティランのおかげで防御は充分である。ときおり砲弾がわれわれの飛翔コースと交差するが、防御バリアに当たって明るい光輝現象と化し、消え去った。振動さえも感じない。

われわれは戦場の上空およそ二十メートルを飛んだ。下方ではぞっとする光景が演じられている。いくつものちいさな人影が、一歩また一歩と前進していた。縦に引きのばされたようなからだをして、細長い四本脚と、釣り合いの悪いがっしりとした腕のある者たちだ。かれらが撃っている銃は、時代遅れに見える武器ではあるが、死と破滅をまきちらしている。兵士が敵の銃撃に倒れると、ただちにべつの兵士が上官から仮借ない命令を受け、その場に入るさまが何度も目に入った。指揮官は命を犠牲にすることにまったくためらいを感じていない。兵士たちを銃弾の雨へと追いやっている。

われわれは加速した。一秒一秒が貴重だ。頭にあったのは救うべきゴンドラのことだけではなく、なによりも、無意味に死んでいく多くの兵士のことだった。戦闘を中断させるのが早ければ早いほど、多くの命を守れるというもの。

だが、兵士たちにはそれがわからないようだ。くりかえし、こちらに撃ってくる。爆弾がいくつか飛来したが、危険は感じなかった。われわれの防御バリアであれば、この程度の攻撃にはやすやすと対処できる。

前線の奥の地下壕そばに着地した。地下壕のなかには将校が数名いて、青い制服ですぐにそれと見わけられた。こちらがなにもいえぬうちに銃火を浴びせてくる。だれも交渉しようとはしない。

「やめろ！」わたしは叫び、身を守るべく両腕をあげた。目の前を休みなく閃光がはしる。銃弾が防御バリアに当たり、赤熱するガス雲と化した。「そのようなことをしてもむだというもの。われわれ、きみたちと話をしたい」

あらゆる方向からさまざまな制服姿の兵士が押しよせてくる。その多くがわれわれを撃ってきた。銃弾はこちらの防御バリアを貫通しないとわかっているはずだが、憎しみに目を見開き、こちらをにらんでいる。

「われわれ、きみたちの戦争とは関係がない」わたしはつづけた。「望みはひとつだけ。できるだけ早くここをはなれたいのだ」

将校の一名が腕をあげた。指揮官らしい。ほかの者もようやく射撃をやめる。

指揮官の顔は人間のような印象だった。漆黒のこぶし大の目には、憎悪だけでなく苦悩もあらわれている。自分がどのような命令をくだそうとも、戦場に膨大な死を招くとわかっているからだろう。ひとりひとりの部下のことを考えて苦しんでいる。

これまでは四本脚で立っていたが、いま身を起こしてみると、二・五メートルほどの見あげるような背丈である。細い脚二本だけではからだを支えきれないのだろう。からだの後部を地面につけると、勲章で飾られた胸の前で両腕と前方二本の脚を組み、しげしげとこちらを見た。もじゃもじゃとした褐色の髪が頭部をおおい、目の上ではシリンダーのように見えるグリーンの太い毛束が二本、アーチを描いている。左頬の黄色い皮膚の下で、星形の一物体が動いていた。共生体なのだろう。

「なぜ、ここをはなれない？」かれはたずねた。「われわれ、引きとめはしないが」

「ゴンドラが損傷したのだ」わたしは説明した。「修理せねばならん。われわれに対する砲撃をやめてほしい。なにもかもがひどくなるばかりだ」

わたしは身をすくめた。榴弾がひとつゴンドラ側面を襲い、外被に大きな穴をあけるのが見えたから。

「いいかげんにやめろ！」わたしは叫んだ。「戦闘はやめるのだ。どちらにせよ、意味はないのだから。きみたち両陣営を打ち負かすであろう第三の勢力が迫っている」

指揮官はこちらを見た。わたしが正気を失っていると思ったかのような目で、

「戦闘をやめることはできない」と、応じる。「敵が先にやめるのなら話はべつだが」

「どちらかが先にやめなければならない」わたしは必死にいった。「やめるのだ。なにも得られはしないのだから。ヴァイタル・エネルギーの流れが枯渇する。グレイ領主の

軍勢が攻撃に転じ、グレイ領域が拡大しているのだ。まだここまで進出してきてはいないが、終わりがくるのは確実。ここで無益な死を招くのは、やめるべきだ」

「戦闘の停止を命じたりすれば、わたしが抹殺されるのだ」

「停止命令をくだせるのはだれだ？」

「〝マスター〟だ。かれが権力を握っている」

「では、わたしが戦争は終わりだとマスターに納得させよう」わたしは約束した。「きみに危機が迫れば、命を救うべくわれわれのゴンドラに収容する」

「あなたの血にかけて？」

「わたしの血にかけて」これで自分の言葉に最大級の重みをくわえられると思い、わたしは応じた。

「ならば、いいだろう」かれは同意した。「リスクを冒そう」

　指揮官は部下の将校たちに命令を伝え、かれらは戦場用テレカムの受信機を手にした。まもなく前方のいくつかの穴からグリーンのミサイルがあらわれ、数分の一秒後、数キロメートルはなれたべつの側の前線にブルーのミサイルが輝きでてきた。

　いまや大砲は沈黙し、榴弾の炸裂音はやみ、射撃音が散発的に響くのみとなった。そしてついに、しずまりかえる。

　軍医や衛生兵が救助作業をはじめた。その直後、負傷者がわれわれのそばを運ばれていき、無慈悲な戦闘がなにをもたらしたのかが明らかになった。わたしは自分を責めた。もっと早くに戦闘をとめられなかったから。

「マスターにはどこで会える？」サリクがたずねた。

「一将校が案内する」指揮官が確言した。偵察部隊を戦場に送るように命じている。敵の奇襲を恐れてのこと。

わたしは前線をはなれる前に、戦場で巨大な鋼の怪物のように休息しているゴンドラへと目をやった。側面にたくさんの穴があき、煙があがっている。修理がすむまでに多くの作業が必要になりそうだ。数時間で終わるものではないだろう。

2

マスターは重量級の男だった。もじゃもじゃとした長髪を垂らし、皮膚下にはすくなくとも四体の共生体がいる。もっといるのかもしれないが、とにかく四つしか見えなかった。皮膚の下を流れるように動いている。わたしはすこし気分が悪くなった。

マスターはみずからの宮殿でわれわれを迎えた。贅沢な内装の豪華建築で、深淵の地のこのあたりでは数百年前に権力構造が確立されたとわかる。もっと前かもしれないが。謁見室に向かう途中、ジェン・サリクとわたしは歴代マスターの肖像画がならぶ長さ数百メートルの通廊を通った。

「地球を思いだします」と、テラナー。「支配者の邸宅はこんなふうだったはず」

サリクはくらべてどうするつもりもないのだろう。そうしてもしかたがないとわかっているから。ここは、かれが口にしたのとはまったくべつの世界なのだ。

豪華な広間に入り、三メートルほど上にある回廊を見あげた。マスターは芸術的な装飾がほどこされた手すりのそばに立ち、顧問官や従者にかこまれて尊大にわれわれを見おろしている。傲慢さでジャシェムの右に出る者はないと思っていたが、マスターの背後にいる男女の顔を見て、まだ上があると悟った。

「おまえたちが戦闘を中断させたという報告があった」マスターが話の口火を切った。その声から、われわれの介入など絶対に受け入れられないと思っていることがわかる。

「そのとおりだとも」わたしは認めた。同時にサリクとふたり、ティランの力で上昇し、マスターと目の高さを合わせる。回廊の男女のあいだに怒りのささやき声がひろがった。「戦争など無意味になった。この国もきみの敵国も、まもなくグレイ作用に征服されるのだから」

マスターは不機嫌にわれわれを見た。こちらがかれの権威に疑問を呈《てい》したうえに、同じ高さにいることが気にいらないのだ。

「戦争は最後までやりとげなければならない」マスターは強くいい、腹だたしげに右のこぶしを手すりにたたきつけた。「くりかえし諜報部隊を送りこんできたのは、アウセ人のほうだ。恥知らずにも、軍事的優位を利用してわれらが領地を侵害した。結局われわれは自国領内の諜報機を乗員ごと排除し、これにアウセ人が軍事行動で応じたのが、戦争のはじまりだ。戦争を中断すれば、われわれは面目を失う。アウセ人側も同じ。この戦争は、両国のどちらかが破滅してはじめて終わるのだ」

「わたしの話を聞いていなかったようだな」と、応じた。「数日後か数週間後には、きみの国もアウセ人の国もなくなる。どちらもグレイ領主に征服されてしまうのだから」

「わが弟は、そんなことにはかまわないだろう」

わたしはマスターをたずねるように見た。

「きみの弟？」サリクが訊いた。「かれになんの関係がある？」

「弟はアウセ人のマスターなのだ」

「ならば、それが戦争を終わらせる障害になるはずはない。なぜ停戦しない？　そうすればどちらも面目をたもてるのではないか？」

サリクは、停戦とはなにかを説明することとなった。そうした概念はマスターの思考世界には存在しないのだ。相手はまったく気にいらないようすである。

「わたしは戦わなければならないし、戦う！」マスターは叫んだ。「そうすることによってのみ、われらスツェセ人は自己批判を乗りこえられる。この戦いを最後までやりぬくと、わたしは自分自身に課したのだ」

「それは興味深いな」わたしは応じた。「きみが戦っているところなど、わたしは見たことがない。見たのはここで贅沢に安穏と暮らす姿のみ。そのあいだに、きみの同胞の男たちが戦場で血を流し、死んでいくわけだ」

この言葉は顧問官や従者たちのはげしい反応を巻き起こした。数名が抗議の声をあげる。だが、マスターがはねつけるように片手をあげ、すぐにかれらを黙らせた。

「男たちが戦場で流しているのは、わたしの血だ」傲然といいはなった。

わたしは頭に血がのぼるのを感じ、同時に自問した。マスターは戦場を見たことがあるのか？　ただの一度でも、負傷者が、手足の切断された者が、死者が収容されるところにいたことがあるのか？　頭のそばを銃弾が飛んだことは？　自分の血を一滴でも流したことは？

「わかった」わたしはどうにか自制した。サリクが警告するようにこちらを見ている。いま重要なのはゴンドラなのだ。修理のため、数日はこのマスターの領地にとどまらなければならない。この傲慢で頑固な男と争うのは危険だろう。もめごとになれば、兵装がなく弱いエネルギー・バリアしか持たぬゴンドラが攻撃されるかもしれない。ひょっとしたら、この地域をグレイ作用に引きわたすのが最善なのではないだろうか。

「わが弟のもとへ行くがいい」マスターが押しつけがましくいう。「グレイ領主が攻撃してきて、われわれを打ち負かすと話せ。そして、弟に要求するのだ。わたしのもとにきて詫びを入れ、戦闘をやめるようにと。弟がこの広間にきて謝罪したなら、わたしは敵への砲撃を将校に禁じるであろう」

マスターの背後の男女が拍手喝采した。

まずは時間を稼ぐべきとわたしは考え、

「了解した」と、応じた。「それまでわれわれ、ゴンドラとともにこの領地に滞在することになる。その許可を願いたい」

「よかろう」マスターは鷹揚《おうよう》にいった。「将校数名をゴンドラに送る。おまえたちはあくまでも緊急着陸したのであって、攻撃の意図はないと、将校たちに納得させよ。ゴンドラがわが弟の武器であると将校たちが判断すれば、無条件に攻撃をくわえる」

「感謝する、マスター。ただ、停戦が一定期間つづかなければ、われわれは修理をすることができないのだが」

わたしは相手が探していた隙をあたえた。マスターは理解し、

「わかった」と、手すり沿いに数歩ずつ左右に歩きまわりながら応じる。「修理ができるように、二日間、停戦を維持する。わが弟もこの取り決めを守ることを承諾するよう、願っている。さもなくば、砲撃はつづくだろう」

そういって背を向けると、マスターはいばりくさって出ていった。派手な音とともにドアが閉まる。

サリクとわたしは顔を見合わせた。むずかしい仕事がひとつかたづいたということ。

*

ゴンドラにもどると、青い制服を着た将校十名が待っていた。銃身のみじかい武器をかかえ、きびしい表情でこちらを見ている。

「このゴンドラを調べよとマスターに命じられた」一将校がわたしに告げた。胸に炎のかたちの勲章を四つつけている。「わたしはこの部隊をひきいるゴルフロンだ」

「さ、どうぞ」サリクがゴルフロンに声をかけた。「ハッチは開いている。入って、見てみるといい。兵装はないと思うが」

「いくつかの小火器はべつとして」わたしは急いでつけくわえた。

「われわれがいっているのは搭載兵器だけ。ほかのものに興味はない」将校が応じる。

この瞬間、鋭い笛の音がした。みなで振りかえると、赤い制服姿の将校が十名、べつの陣営の前線からこちらへくるのが目に入った。

「アウセ人だ」ゴルフロンが憎々しげにいう。姿勢を正して銃をかまえ、赤服の者に向けた。

「撃つんじゃない」サリクが強くいって両グループのあいだに立ちはだかる。

「われわれ、このゴンドラを調べなければならない」赤服の一将校が明言した。

「だが、われわれといっしょではだめだ」ゴルフロンが抗弁する。

「問題はかんたんに解決できる」と、わたし。「ジェン、きみはゴルフロンとその部下といっしょに行ってくれ。わたしはアウセ人将校たちとゴンドラの向こうにまわって、べつの側からなかに入る。そうすればどちらにとっても都合がいいだろう」

青い者も赤い者も了承した。わたしは自分が引き受けたグループを先導してゴンドラの周囲を迂回し、べつの側のハッチを見つけて開けると、なかに入るよううながす。かれらは不信感もあらわに銃をかまえてわたしのそばを通った。全員が停戦をよろこんでいるはずだが、あまりにも長く戦ってきたために、信頼とはなにか、わからなくなっているようだ。

わたしはかれらにゴンドラのなかを見せてまわった。損傷は驚くほどひどい。いくつかの榴弾は爆発前に機体の奥まで入りこんでいた。負傷者が出なかったのはさいわいというもの。

強制着陸に対するわたしの判断も変わってきた。これまでは大幅な時間のロスにはならないと考えていたが、いまはげしい攻撃を受ければ、われわれの飛行はこの場で終わるにちがいない。防御バリアはあまりにも弱く、破滅は避けられそうになかった。ゴンドラはほとんどが空《から》であった。五千名以上の駆除者が乗っているというのに、わずかなキャビンが埋まっているのみである。わたしは将校たちを案内しながら、何度か深淵警察のいるキャビンを通り、駆除者の武器がかれらの目にとまるようにしむけた。将校たちを威嚇《いかく》し、おろかな考えを起こさせぬようにしたかったから。

＊

ゴルフロンは宮殿の謁見室に入り、恭順の姿勢をとると、回廊の下で立ちどまった。

マスターが姿を見せると、床に身を投げる。スッェセ人の国の支配者が頭をあげるようにいうまで、そのまま身をかたくしていた。

「どうだった？　報告は？」支配者はたずねた。

「ゴンドラは、ほぼ空でした」将校はそういうと、すぐに頭をさげた。

「それで？　先をいえ、先を。なにをもたもたしている？」

「ゴンドラには五千名ほどの駆除者が乗っていました。われわれ、これまでに深淵警察とことをかまえた経験がないので、かれらの戦力を判断することはできません。しかし、こちらよりも武力は上と思われます。それでも、われわれがあのゴンドラを奪取してグレイの領主から逃れることは、可能であると確信しております」

マスターは微笑した。

「まさにそうしようではないか。あの低俗な者たち、わたしの高さにまであがってきおった。命をもって償わせなければならん」

ゴルフロンは、ゴンドラに侵入する方法をいくつも見つけたと報告した。先遣隊を送りこむように進言する。

「それについては考えておこう」マスターは応じ、大きな音をたてて手をたたいた。

「われわれ、まずはアウセ人と話をつけなければならない。おまえにはわが弟のもとに行ってもらう。異人に対する共同作戦を提案するのだ。戦争を終わらせるこれ以上のチャンスはない。いまや、われわれ双方を脅かす敵ができたのだから。われらの防衛軍はこの敵と戦う」

ゴルフロンは身をすくめたが、頭はあげなかった。聞きまちがいだと思ったから。

ほんの数時間前まで、かれは最前線でアウセ人と戦っていた。最高権力者から受けた命令どおり、部下たちを何度も敵の砲撃の雨へと追いやった。くりかえし兵士たちに、赤い制服の者に対する憎悪と殲滅《せんめつ》への意志をたたきこんだ。それなのにいま、すべてを忘れろと？　ついさっきまで不倶戴天《ふぐたいてん》の敵だった者たちと、ともに戦えというのか？

ほんの一瞬、かれのなかでマスターに対する疑念が頭をもたげた。だが、すぐに消え去る。ゴルフロンは、この国のほかのすべての市民と同じく、ごく若いころから刷りこまれてきたのだ。マスターはつねに正しく、絶対にまちがえることはないと。マスターは神のようなもの。その命令は正しいにきまっている。

疑念を克服すると、ゴルフロンのなかで怒りが湧きあがってきた。

あの異人たちはなんとおろかなのだ。マスターを侮辱するとは。罰を受けるにふさわしい。

「わが弟のもとに行くのだ」マスターは命じた。大きな白い羽根のついたヘルメットを手にとると、ゴルフロンに投げてよこす。将校はそれを受けとり、頭にかぶった。「そのヘルメットは軍使であると告げるもの。おまえを撃つ者はいないだろう。さ、行け。

異人たちに見られないよう、気をつけるのだ」

謁見室を出たゴルフロンは、マスターから明確な指示を受けたことに安堵した。正しいのかまちがっているのか、それはかれの考えることではない。ただ実行するのみ。

急いで宮殿をはなれた。八本脚の騎乗動物に乗り、敵側の前線へと駆けるあいだ、異人たちを制圧する作戦に心を奪われていた。あのゴンドラが手に入れば、スッェセ人にどれほどの権力が転がりこむことか！　近隣のすべての国に打ち勝てるというもの。

ふと、グレイ作用が迫っているという話を思いだした。ヴァイタル・エネルギー流が枯渇するという話だ。だが、その考えをわきに押しやる。

グレイ領主の軍勢は、まだ深淵の地のこのあたりにはあらわれていない。いつくるか、だれにわかるというのだ？

数百年後かもしれない。それほど先のことまで考えられるものか。いま起きていることに目を光らせておくべきだ。ほかのすべては関係ない。

ゴルフロンはヘルメットを揺らした。アウセ人の部隊に、武器を持たぬ軍使だと知らせるために。

＊

深紅の湖のクリオが、縦に三つならんだ目をまわし、うっとりとわたしを見た。

「鏡にうつるわたしの姿を見て」かすれた低い声でささやく。「美しいと思わない？」

わたしは驚いて彼女を見た。その瞬間はあらゆることを考えていたが、彼女の美しさだけは思慮のほかであったから。

「駆除者の防護服の模造品のせいで、すこしばかり美しさが損なわれてはいるけど」そういいながら、このうえなく女らしい真っ赤な唇をつくってみせた。「でも、この防護服にもいいところはあるわ。わたしの肌の絹のような艶を引きたてるから」

クリオは鏡のような金属壁の前で身をひるがえしながら、そこにうつった自分の姿を見つめている。

「そのとおりだ、クリオ」わたしは誓うように、「知ってのとおり、わたしは美しさに弱いから、いつもきみの姿を探してしまう」

「ええ、知っているわ」彼女はとろけてしまいそうだ。洋梨形のからだが幸福に震える。

深紅の湖のクリオは、サイリン種族の女玩具職人である。体内物質から考えられるかぎりの装置をつくりだす特殊能力を持つ。その情報基盤は、数万年前にジャジェムがサイリンを調整したさいに組みこんだプログラミングだ。この太古のプログラミングがなかったら、サイリンはごくかんたんな、子供の玩具のようなものしかつくれなかったはず。水の城にいたクリオは、長年にわたって玩具をつくり、評判を集めてきた。

ほかの玩具職人と同じく、クリオもまた不死であった。徐々にわかってきたことだが、彼女の体細胞には再生能力があり、ある種の〝若がえりの泉〟によって若さをとりもどすのである。これはつい最近も起きた。彼女は仮死状態になったのち再生し、それ以来若くなっていた。そのさいに以前の経験の多くを忘れ、記憶は大きく欠落していたが、度をこした虚栄心はそのままである。

ハッチが開き、フォルデルグリン・カルトが入ってきた。こぶし大の有柄眼をひとつつくると、クリオとわたしを見る。

「〝かれ〟は、そこのプロトプラズマ集合体が修理の必要な場所について調べることを期待している。しかし、鏡の前では無理だ」カルトはほかの追随を許さぬ尊大さで、主語を〝かれ〟にして告げた。わたしは聞きまちがえたのかと思った。だが、かれが〝プロトプラズマ集合体〟と表現したのはわたしではなく、まちがいなくクリオのことだ。どうやら、修理に必要な装置を彼女の特殊能力でつくってもらいたいらしい。

カルトはたずねるように玩具職人を見た。

クリオは鏡がわりの壁の前で、媚《こ》びるようにからだを揺らした。腕を二本つくり、その先端をからだの横に当てる。口がすこし大きくなり、赤いネオンのように光った。

ジャシェムはわたしを見て、たずねる。

「聞こえていないのだろうか？　では、理解できるようにしてやってくれ」

そういって背を向けると、数十本の擬似肢を動かして急ぎ出ていった。

「かれ、なにをしにきたの？」クリオがたずねる。

「ああ、つまり」わたしはゆっくりと答えた。「損傷の修理を手伝ってくれる者が必要なのだ。当然だが、そのための装置がすべてゴンドラ内にあるわけではない。わたしの知るかぎりでは、コンピュータの主要部品が故障していて、交換部品を用意できるのは、きみしかいないというわけさ」

深紅の湖のクリオは、このキャビンにだれかべつの者がいるかのように見まわした。

「でも、プロトプラズマ集合体って、だれのことをいっていたのかしら。それになぜ、その集合体が修理のためになにかができると思ったの？」

クリオは鏡に向きなおり、うっとりと上半身をくねらせた。

「でも、まあ」彼女はため息をついた。「わたしには関係のないことね」

わたしはあのジャシェムをいまいましく思った。いったいどうすればあれほど傲慢におろかなまねができるのだろう。クリオのことを、無秩序な体細胞の集合体呼ばわりするとは。あのようにまちがった作為的表現を使えば、クリオは抵抗するにきまっている。つい最近、ジャシェムは玩具職人に敬意を表したばかりではなかったか。

〈クリオは負けを認めるくらいなら、おまえやここの全員とともに破滅するほうを選ぶだろう〉わが論理セクターがいった。〈彼女にとって、侮辱される以上に最悪なことはないのだから〉

「傲慢さとは、おろか者の武器なり」わたしは考えこみながら壁にもたれた。胸の前で腕を組み、自分のブーツの爪先に目をやる。「かれら、自分たちが劣っていると知っているから、尊大で近よりがたい態度を楯にして身を守るしかないのだ。自分たちの精神がどれほど貧しいのか、知られないように願っている。実際にそうだから、だれもわざわざそんなことをいいはしないがね」

クリオは目を輝かせてわたしを見た。

「つまり、ジャシェムは自分たちでよそおっているほど知的ではないということ？」

わたしはほほえんだ。

「まあな、クリオ！」

彼女は片方の腕をあげ、長いひとさし指をつくると、わたしの鼻の前で円を描いた。

「あまり誇張するものではないわ」と、たしなめるように、「とにかく、わたしの知識のもとをつくったのはジャシェムなのだから。かれらのおかげで、わたしはいまありったけの装置をつくることができる。逆にわたしには、だれかにプログラミングをほどこして、何千年たってもその者や子孫に望みどおりの能力を持たせるなんて、できやしないわ」

「いまのジャシェムにも、そのようなことはできない」事実には目をつぶって、わたしはいいはった。

「なぜそう思うの？」

「かれらの傲慢さがそれを証明している」

「なぜそういうことになるの？」

「さっきいわなかったか？　傲慢さとは、おろか者の武器なり、と。わたしはいままで大勢の人物と出会ってきたが、だれよりも謙虚なのは天才たちだったよ。かれらは、完全な理想に到達することはできないと知っていたから」

　この言葉は、玩具職人に目を見はるような効果をおよぼした。クリオはからだをまっすぐにし、もうすこし大きく見せようと上半身を伸ばした。

「そのとおりよ！」と、感激して叫ぶ。「わたしもそんなふうに考えていたわ。真に偉大な人物は、傲慢さとは無縁なもの。つまり、ジャシェムは弱い者たちなのね。われわれをおとしめて自分たちを大きく見せるため、言葉で傷つけようとしているだけ。ありがとう、アトラン」

「なんのお礼かね？」わたしはたずねた。

〈偽善者ぶるのはやめることだ！〉付帯脳が叱責する。

「わたしをおおいに助けてくれたわ。必要な修理をしようという気分になれた」クリオがほほえみかけてくる。わたしはキャビンから逃げだした。彼女にキスされかねないと思ったから。

3

駆除者たちが、ゴンドラ内部の大きなメタルプラスティック板をはがし、それで外被の穴をふさごうとしている。われわれは、そのそばをすりぬけ、機関室に向かった。「なにか必要な材料があったら、教えてね」深紅の湖のクリオが喉を鳴らした。屈強な戦士たちがこのような方法でゴンドラを修理するしかなく、彼女が完璧にこなせるテクノロジーを使えないことが、楽しくてたまらないようだ。

その直後、アウセ人数名を連れたボンシンと出くわした。赤い制服姿の将校たちは、ゴンドラでは異物のように見える。

「かれらの考えが読めないんだ」アバカーがわたしの隣りにきて、ささやいた。「なにかたくらんでるんじゃないかな」

わたしはうなずいたのみ。それ以上の心配はしなかった。きわめて原始的な武器しか持たぬアウセ人に、いったいなにができる？　かれらにとり、五千名の駆除者は、打ち破れるはずのない軍勢なのだ。

　機関室に入ると、カグラマス・ヴロトとフォルデルグリン・カルトがゴンドラのポジトロニクスの回路をいじっていた。どうやら、ここが最大の損傷を受けたようだ。なんの前ぶれもなく、サリクが真横にあらわれた。

「いまのところ、ここにとどまるはめになった理由はわかりません」

「ポジトロニクスになにがあった？」わたしはたずねた。

「一部が欠けてしまっています。空中に消えたみたいに」

「スタート前からなかったのかもしれない」わたしは推測を口にした。

「ありえませんね」テラナーは反論した。「すべて点検しましたから。そんな工作の形跡はなかった。カルトの考えでは、領主ムータンが時間差の罠のようなもので素材を消失させたのではないか、ということです。しかし、いまそれは問題ではないでしょう。重要なのは、欠けた部品を調達することだけ」

「そのためにこそ、わたしがここにいるのよ」クリオがうれしそうに、「わたしがいなければジャシェムには修理ができないって、わかってるもの」

　彼女はからかうように目を輝かせ、回路をいじる二名の巨大な姿を見た。傲慢さをめぐるわたしの話が、まだ効果を発揮しているらしい。

　ジャシェムがふたたび無礼なことをいっても、彼女は侮辱とは受けとらないだろう。

「作業をはじめるわ」クリオはそういうと、すくなくとも五十本はある擬似肢でちょこまかとカルトとヴロトに近づいて、「どうやら、あなたたちだけではうまくいかないようね。もう大丈夫、わたしがいるから。なにをしましょうか？」

フォルデルグリン・カルトがクリオに向きなおった。塔のようなからだの上端に有柄眼をひとつつくると、彼女を見おろす。

「かつて、ある問題を解決するため、有機集合体をプログラミング可能にしたのはわれわれだった」と、鼻にかかったような声で、「われらの天賦《てんぷ》の才が、そのようなことをこなす特殊装置を可能ならしめたのだ。なのに、そのわれわれがなぜ、こんな低級な仕事をしなければならない？」

クリオは〝特殊装置〟と呼ばれたことを受け流した。ちいさく笑うと作業をはじめる。

サリクが驚いてわたしを見た。

「どうやったんですか？」と、たずねる。

わたしは、天賦の才と謙虚さとの関係について、かれにもひと講釈しようとした。そのとき突如、遠くはない場所で轟音《ごうおん》が響いた。閉じたドアで弱められてはいたが、爆風を感じる。次の瞬間、わたしはそばのハッチへ走り、それを開けた。銃弾の束がうなりをあげて耳のそばを飛んでいき、こちらに向かって銃を撃つアウセ人五名が目に入る。わたしは本能的に反応した。考えるよりも速くティランの防御バリアを展開。

わたしの背後でクリオが悲鳴をあげた。振りかえると、いくつもの銃弾が彼女の洋梨形のからだに撃ちこまれていた。

「なんという、犯罪……」彼女は驚愕して、切れ切れにいった。

わたしは怒りをたぎらせながら、気がついた。われわれの希望はすべてこの玩具職人にかかっている。どうしても必要な交換部品をつくることができるのは、彼女だけなのだから。

「クリオ!」わたしは叫んだ。彼女を守ろうとそばに急ぐ。「大丈夫か?」

わたしはなすすべもなく、血が流れる銃創を見た。この銃撃が彼女の体内をどれほど傷つけたのか、わからない。命にかかわる臓器はぶじか? どうすればいい? そもそもサイリンのような異生命体に使える医療用具が、ゴンドラ内にあるのだろうか。

彼女の目が大きく見開かれた。唇が縮み、細い線になる。

「なんと邪悪な……」クリオは苦しげにあえいだ。

「クリオ」わたしは強くいった。「答えてくれ。どうすればきみを助けられる? わたしはなにをすればいい?」

彼女は床に倒れこんだ。洋梨形のからだの下半身がひろがる。かたちをすっかりなくしてしまうのでは、と、心配になった。

アウセ人の銃声がはるか遠くに聞こえる気がした。ゴンドラのいくつもの個所で爆弾が炸裂。これまでにこうむった損害がさらにひどくなる。

「なんという恥辱」クリオはため息をついた。

「クリオ……わたしになにができる？」

ようやく彼女の目がわたしのほうを向いた。いまはじめてその存在に気がついたかのように、わたしを見る。

「あなたにはどうすることもできないわ」悲しげにいって、すこし身を起こした。「かれらはわたしの美しさをだいなしにした。わたしの肌の絹のような艶を見たでしょう、アトラン。あなたは、あの比類なさを味わうことを許された最後の者になったのよ」

「サイバー・ドクターを持ってこよう」わたしは彼女に約束した。

「必要ないわ」彼女は拒否する。

「いや、だめだ」わたしは強くいった。「きみには治療が必要だ」

「自分で治せるから。でも、それはどうでもいいの。わたしの肌が打撃を受けたのよ。もう二度と、かつてのような絹のなめらかさにはならないわ。わたしの美しさは、消え去ってしまった」

わたしにもやっと理解できたが、立ちなおるまでいくらか時間がかかった。愛すべきクリオは致命傷など負っていない。銃弾によって肌が引き裂かれたのがつらいだけだ。

彼女の虚栄心は、すべてを凌駕《りょうが》している。

「だが、クリオ」わたしはようやく口を開いた。「美の概念は時とともに変化する。もはや傷のない肌はもとめられていないのだよ。肌は、生きた軌跡をのこすものでもあるのだから。傷痕はすべての歴史を語る。傷痕のない者など存在しない」

彼女の目が希望にあふれ、きらめいた。

「この傷痕はむしろ、美しさを高めるということ？」

「まさにそれをいいたかったのだ」頭のそばをいくつかの銃弾が鋭い音をたてて飛んでいった。わたしは射撃を防御バリアで受けとめられるよう、玩具職人の前に立ちはだかる。青い制服の一スツェセ人が銃を撃ちながら機関室を横切り、向こう側の出入口へと走るさまが見えた。サリクがパラライザーをかまえ、スツェセ人を麻痺させる。

「このような騒動でじゃまをされる状態にみずからをおきたくはない。そろそろ静寂を追求するべきだろう」と、カグラマス・ヴロト。

かれは、自分自身とフォルデルグリン・カルトのことをいっているのだ。

「修理にはどれくらいかかる？」わたしはたずねた。「ゴンドラが再スタートできるのはいつだ？」

「じゃまが入らなければ、あと三日ほど」と、カグラマス・ヴロト。

「とんでもない」わたしはかっとなって応じた。「もっと早く終わらせるべきだ。クリオは、自分にできることはすべてするつもりでいるのだぞ」

「われわれがパッシヴ体で休息するのをあきらめれば、早くできるが」と、フォルデルグリン・カルト。

わたしはカルトを独特な目つきでにらんだにちがいない。サリクがつついてきた。「おちついてください」と、いさめるように、「かれらを理解するべきです」

「どういうことだ？」それでもわたしはジャシェムにどなった。「われわれはみな、できるだけ早くスタートできるように休みなく働いている。なのにきみたちはパッシヴ体になって何時間も引きこもろうというのか？　そんなことを本気でいえるはずがない」

「パッシヴ体の時期を短縮してアクティヴ体の時期を延長すれば、われわれの余命は自動的に減ってしまうのだ」カルトがごたくをならべた。しかも、わたしの頭に血をのぼらせるような口調で、「この情報から予測最終値も算出できないほど、わずかな演算処理能力しか持ち合わせていないのか？」

「演算処理ならとっくにしている」わたしは応じた。「わたしの予測最終値はこうだ。四万深淵年という寿命を勘案すれば、パッシヴ期をわずかに短縮したところで、実質的な余命の減少はないにひとしい」

わたしはカルトの高飛車ないいぐさに、しかえしのできる言葉を無意識に探した。だが、傲慢さと知性との関係についてクリオに講釈したことを思いだして自制し、深呼吸を数回する。そのあと、ゴンドラがスタートできるまで休みなく作業をするというカルトの言葉を聞いて、おおいに満足した。

「ただし、あの妨害をやめてもらうことが前提になる」カルトは話を締めくくると、すばやくつくった触手で、麻痺して機関室に横たわる兵士をさししめした。

「わたしにできることなら、なんでもしよう」わたしは約束して、麻痺した兵士をつかむと、機関室の外に運んだ。サリクがついてくる。考えこみながら、おや指とひとさし指で長い鼻をなでて、

「われわれ、マスターを充分に納得させられなかったようですね」と、いった。麻痺した兵士をかかえて通廊を歩くわたしのそばで、「かれらがこんなばかな考えを起こすとは思わなかった」

ハッチに着いたとき、赤服と青服の将校たちが駆除者数名に追われてゴンドラから逃げだすさまが見えた。アウセ人とスッェセ人は恐怖に駆られ、さらに速く走るべく武器をほうりだしている。

「これでうまく解決できたとは思えません」サリクがきびしい調子で、「マスターが理解しないかぎり、われわれは一歩も先に進むことができない。それに、ジャシェムの作業をじゃまされないようにしなければ。かれら、何度も念を押していましたから」

サリクが最後までいい終わらぬうちに大砲の音がとどろいた。榴弾がうなりをあげて飛び、われわれの上方、ゴンドラの側面を襲う。双方の前線がミサイルを発射。戦車が砲撃しながら戦場を走り、塹壕から兵士たちが突進する。そのうちの数名はわれわれに

射撃を浴びせ、数名は敵側の前線から接近する兵士を撃った。砲手も戦車の操縦士も似たようなもの。ゴンドラに向かうだけでなく、本来の敵をもめざして進撃している。

戦闘の嵐は吹き荒れつづけていた。

銃弾の雨のなか、何十名もの兵士が死んでいく。そのさまをサリクとわたしは慄然と見ていた。われわれは防御バリアに守られ、無傷のままだ。

「ゴンドラ内にもどろう」そうテラナーにいい、われわれは鋼製壁の陰にかくれた。そこでは戦闘の騒音が遠くからのように聞こえるのみ。

「できることがひとつだけある」と、わたし。

「こんな狂気の沙汰をとめられるとは思えませんが」

わたしは思いついたアイデアを話した。

サリクははじめ、言葉もなくこちらを見ていたが、急ににやりとして、わたしをせかした。

*

サリクとわたしが駆除者二百名をひきいて宮殿に突入すると、宮殿の衛兵がわれわれに向かって銃を撃った。防御バリアに絶え間なく閃光がはしるが、かすかな振動を感じるだけだ。このような原始的武器でわれわれを脅かすなど、無理というもの。

こちらのエネルギー・ビームを受け、木製の宮殿入口は吹き飛んだ。衛兵が銃撃をやめる。自分たちの武器ではどうにもならぬと理解したようだ。恐れおののいて退却していく。

われわれはティランの装置を使い、肖像画の通廊を飛翔した。数名の男たちが叫びながら前方に飛びだしてくる。ずいぶん気のきいたことをしたものだ。かれらが開けてくれたおかげで、ドアを撃ちぬかずにすんだのだから。

謁見室では食事の真っ最中であった。マスターは高価な衣服を身にまとって盛装し、上階の回廊席の長テーブルについていた。男女百名ほどがともに食事をしている。さらに奥のいくらかちいさいテーブルでは、将校五十名ほどが料理を口にしていた。ずいぶん楽しんでいたようだが、いまや会話はとぎれ、マスターと客は驚愕してわれわれを見ている。

マスターの顧問官や従者が反応できずにいるうちに、サリクとわたしは回廊へ飛んだ。わたしがマスターの両腕を背後からつかむと、サリクがドアの前に立ちはだかって、だれも回廊から逃げられぬようにした。

将校たちは撃とうとしない。回廊の高位人物たちにけがをさせるわけにいかないから。さらに、自分たちの千倍も強力な武器を持つ恐ろしげな駆除部隊が目に入ったのだ。

「かれらを捕まえろ！」わたしは深淵警察に叫んだ。

駆除者は飛翔装置で回廊へと浮上した。マスターの顧問官たちがパニックを起こして悲鳴をあげる。逃げようとするが、サリクが通さない。わたしはマスターをかかえて浮上すると、手すりを飛びこえて下降した。マスターは手足を振りまわし、金切り声をあげる。わたしを撃つよう兵士に命じるが、マスターに当たるのを恐れてだれも銃をかまえない。

わたしは肩ごしに振りかえり、駆除者たちがついてくるさまを見た。ほぼ二名で一名の顧問官をかかえている。

肖像画の通廊を飛翔して進むうち、マスターはしずかになった。

「解放してくれ」最後には哀願した。ささやき声しか出ない。「見返りに宮殿のすべての宝物をとらせよう。とても使いきれぬほどの富を手にすることになるぞ」

「黙れ」わたしは応じた。「さもないと、頸をひねる」

当然ながら、そのような脅しを実行するつもりはなかった。だがマスターには知るよしもない。ぎょっとして黙った。

わたしは駆除部隊の先頭に立ち、宮殿を飛び去った。戦場から榴弾が炸裂する轟音が響いてくる。絶え間ない銃の掃射音が何百もの死を告げていた。

戦場に連れていかれると気づいて、マスターと顧問官たちは悲鳴をあげはじめた。だが、われわれが本気だとわかってほとんどの者が黙る。ゴンドラ側面のそばにおりたころには、だれひとりなにもいわなかった。

われわれの左右に榴弾が降ってきた。銃の射撃が絶え間なくわれわれの上を飛び、爆発がクレーターのなかにクレーターをつくる。

敵側の前線から、レトスとつむじ風が百五十名ほどの駆除者とともにやってきた。われわれのもっとも重要な捕虜の弟、つまりアウセ人のマスターを連れて。その男は恐怖に駆られて叫んでいた。ともに捕まった高位者たちも同じようなもの。

アウセ人の上層部たちはほんの数歩はなれた場所に着地した。そばで榴弾が炸裂すると、ほとんどの男女が震えながら地面に身を投げる。

「撃ち方やめ!」スツェセ人のマスターが金切り声をあげた。

「撃ち方やめ!」その弟がどなる。二名とも、陣地にいる将校に気づかせようとして、腕を振りまわした。

だが、戦闘はそれほど早くは終わらない。それから十五分ほどして、ついに射撃がやむまで、マスターときわめて高位の顧問官たちは死の恐怖に耐えることになった。陣地の将校たちは、なにが起きているのか知りながら、さらに何度か砲撃をしたのではないか。わたしはそのような印象を受けた。

ついに静寂が訪れると、われわれの捕虜の多くがすすり泣きながら戦場の地面にうずくまった。数名は、かすり傷しか負っていないのに、衛生兵に向かって叫んでいる。

「あんたたちは最後になる」サリクが冷静に、「まずは負傷兵の収容からだ」

　そういってわたしを見た。

「もっと捕虜をとる必要があると思いますか？」

「いらないだろう」わたしは応じた。「前線のあいだにマスター二名とその側近たちがいるかぎり、銃弾は降ってこない。賭けてもいいが」

　わたしのいうとおりになった。

　ジャシェム二名は、おちつきはらって修理を終わらせることができた。駆除者たちは榴弾が外被にあけた穴をふさぐ。この作業に二日以上かかった。それからジャシェムはわれわれの了解を得てパッシヴ体となり、さらに二日が過ぎた。そのあいだ、われわれの捕虜は前線のあいだにいて、マスター二名はひとつのテーブルで向かい合わせにすわるはめになった。かれらの話を盗聴させたりはしなかったが、いつしか戦争を終わらせることで合意したのだろう。とにかく、ついにゴンドラがスタートして深淵定数に向かって上昇し、光速まで加速したとき、かれらは平和そのもののようすであった。

4

エネルギー背囊《はいのう》をおろした駆除者は、ひどくほっそりとして見える。余暇のゲームで力くらべをしようと、背囊をおろしたのだ。審判にふさわしい人物は、ドモ・ソクラトのほかには見あたらなかった。

わたしは駆除者の大きなキャビンの壁にもたれ、それを見物していた。

すでに三週間、ゴンドラはなんの妨げもなく深淵の地の上空を光速航行している。そのあいだはなにも起こらなかった。しだいに飛行が退屈になってきたため、スポーツで時間をつぶそうとしたのである。

いつまでも終わらないような気がしながら、深淵の地の問題について議論もした。ここに住む数多くの種族について話を聞き、ありったけのことをめぐって哲学的思索をかわしたもの。だがいまや、なにかが起きないかと期待さえするようになっていた。もどかしい思いでヴァジェンダに向かっている。手遅れになるのでは、という危惧は増すばかりである。

ドモ・ソクラトがゲーム開始の合図をした。選手たちが勢いよく駆けよる。わたしは駆除者のとほうもない体力に驚嘆し、まるで自分自身が競技に参加しているかのように思わず筋肉を緊張させた。

そのとき、壁に押しつけられ、ゴンドラになにかがあったのだと瞬間的に理解した。数人の観客が床に倒れるさまが目に入る。かれらは戦いを見逃さないよう、すぐに立ちあがった。ゴンドラの反重力系統に問題が起きたことに、だれも気づいていない。

「どうかしたの、アトラン？」ボンシンがたずねた。頭を揺らしている。戦いから気をそらされたことをよろこんでいないようす。

「なにかがおかしいな」わたしは答えた。「反重力がスムーズに働いていないのだろう。操縦室に行かなければ」

つむじ風はけげんな顔でわたしを見た。いっしょに行くべきかと考え、ここにのこると決めたようだ。

駆除者たちは熱狂して叫んでいた。高い声が鋭く響く。数名の選手が大きな弧を描いて宙を舞い、ドモ・ソクラトは審判の役割を忘れて選手を駆りたてている。

わたしはそのキャビンをはなれ、長い通廊を急いだ。機首への道は観客の一団でふさがっていたので、ゴンドラの後方に向かう。近くの反重力シャフトで下降し、下層デッキを通って機首に移動するつもりだった。だが突然、足が床にはりついたかのようになり、悪夢のなかにいるかと思えた。脚が鉛のごとく重くなって、力を振りしぼらなければ足を前に運べないのだ。その場から動けないと思えるほどで、あえぎながら前進する。ハッチにたどりつき、そこを通って閉じた。息を切らしてハッチにもたれる。汗が目に入り、細胞活性装置がいつになく強く作動するのを感じた。

ゴンドラが減速している。

そうとしか考えられない。

だが、なぜ反重力系統は減速圧を緩和しないのか？

ゴンドラがねばり気《け》の多い粥《かゆ》のなかを飛んでいて、その粥がエネルギーを吸いとっているという、ばかげたイメージが浮かんだ。

圧力が強まる。もはやハッチにもたれて立っているのではなく、仰向けに横たわっているかのようだ。反重力シャフトにつづく通廊が、直角に高みへとつづく立坑《たてこう》に変わる。

荷重は増すばかりだ。駆除者のことを、選手や観客たちのことを思った。いまや入り乱れてほうりだされ、壁に押しつけられていることだろう。かれらにもわたしと同じように支えとなる場所が見つかっているよう、祈るしかない。

突如、耳をつんざく轟音が響いた。ゴンドラがなにかに接触し、それに沿って滑っている。振動を感じた。巨体が障害物にぶつかり、大重量ゆえの力をまきちらしているのだ。機内のすべてのキャビンがどよめき震えているかのようである。わたしは轟音に耐えられず、両手を耳に押しつけ、身をよじった。これが永遠につづくのではないかと思われたが、ついにゴンドラは停止。

わたしの上にあった通廊が横倒しになっていた。もはやハッチの上に寝てはおらず、立っている。足の下にかたい床を感じた。

ゴンドラは、とまっていた。

わたしは一秒たりともためらうことなく、反重力シャフトまで走って跳びこみ、下へ向かう。数層のデッキを通りすぎ、前方の操縦室へと急いだ。

操縦室の隣室に足を踏み入れると、ジェン・サリクが床にうずくまっていた。そばに深紅の湖のクリオと、ホルトの聖櫃がいる。聖櫃は床から数センチメートル浮き、わたしにテレパシー・インパルスで挨拶をした。大きな危険は去ったと伝えてくる。

「なにがあった?」わたしはたずねた。

「ゴンドラがまた強制着陸させられました」と、サリク。「残念ながらそれ以上のことはわかりません。あなたもとっくに知っていたでしょう」

わたしは前方の窓ごしに外を見た。だが、ほとんどなにも見えない。そこで、横から外が見える場所へと急いだ。

ゴンドラは、鬱蒼《うっそう》とした森におおわれた平坦な地域に着陸していた。遠くに居住地を認める。丘の上に城塞があった。しかし、われわれの着陸と関係のありそうなものは、なにも見あたらない。

わたしはサリクのもとにもどった。

「なにが起きたのだ？」わたしはジャシェムにたずねた。装甲プラスト製ガラスの一枚がさがったのが目に入ったのだ。

フォルデルグリン・カルトが振り向いた。柱状のからだの下方につくったヴァイオレットの両目で、わたしをしげしげと見る。

「ゴンドラが〝エネルギー投げ縄〟に捕まったのだと思うがね」と、慇懃《いんぎん》無礼に応じる。その口調は、わたしがおろかな質問をしたと告げるものであった。エネルギー投げ縄に捕まったと、わたしが知っていて当然だといわんばかりである。

〝エネルギー投げ縄〟とはなにか、それがわかりさえすれば！

「つまり、何者かがわれわれの飛行を意図的に中断させたといいたいのか？　だれかがわれわれを探知し、攻撃したと？」

「そのとおりだ」

ジャシェムの声に恐怖の響きがまじってはいないだろうか？

「だれがわれわれを捕らえたのか、わかるか？」と、たずねた。

「なぜ〝かれ〟にそれがわかると？」カルトが応じた。嘘をついている、わたしはそういう印象を持った。だが残念なことに、ジャシェムに表情のようなものはない。もしあれば、この印象が裏づけられたはずだが。

「まぁ、いい」と、サリク。「外に出て、たしかめてみましょう」

サリクとわたしは上方エアロックからゴンドラの外に出た。ティランで飛翔し、周囲がよく見えるようにいくらか上昇した。ゴンドラははるか遠くまでつづく制動跡をのこしている。それは森にまっすぐな林道をつくり、途上にあったものすべてを粉砕していた。そこに居住地のなかったことを願うしかない。

「何者かがわれわれを捕らえたのであれば」サリクがいった。「これはその者のせいということ。攻撃されたりしなければ、われわれが森の地面を滑ることはなかったし、なんのシュプールものこさなかったはずですから」

われわれは城塞に接近した。どこにも生命の兆候は見あたらない。深淵のこのあたりには、動物さえいないようだ。背後の森でもなにひとつ動いていなかった。

「奇妙ですね」と、テラナー。「鳥も虫も見あたらないとは」

城塞の下方に塔のような建物が二百ほどあった。それぞれの高さは十メートルほど。すべて、ふたつの塔が隣り合わせになっている。かたちも構造も、ここからはるか遠い深淵のべつの場所で見かけたアンテロープの角《つの》を思わせた。だがここの建物は、自然に生じた物体ではなく、人工的に建てられたものだ。

城塞そのものに塔はなく、峰を思わせるドームのような隆起があるのみ。

塀を飛びこえ、城塞の中庭に着地した。

「だれも見あたらないな」サリクがいった。金属の扉まで行き、それを開ける。わたしはかれにつづいて薄暗い部屋に入った。色のついた窓からさす光は弱く、ここにあるわずかなものを見わけるにも苦労した。

「棚、チェスト、ベンチがいくつか、長テーブルが一台」サリクがいった。「それだけですね。歓迎されている感じはしない」

テーブルにノートが一冊あった。わたしにはわからない文字が書かれているが、ティランのポジトロニクスがあっさりと処理する。ここに住んでいた者たちは城塞を去ったことがわかった。

「おかしいですね」と、サリク。「ここにいたのは、グレイ作用を恐れて逃げた者たちだけではなかったようだ。ここにはグレイ化を恐れていないらしき何者かがいる、そんなふうに書かれている気がします」

城塞を歩きまわるうちに、ここにいた住民のイメージが徐々につかめてきた。かれらは四本脚だったにちがいない。身長は一・五メートルほど、手はちいさい。映像こそなかったが、家具がはっきりと物語っている。城塞にいると予想されたべつの者についてはなんのシュプールもなく、われわれの勘ちがいだと思われた。

城塞の塀を飛びこえ、下方の建物に向かった。

いやしかし、と、ジャシェムたちの奇妙な態度を思いだした。われわれがこの地域に近づいたとき、未知者がこちらを探知して電光石火で攻撃をくわえたのだ。そしてフォルデルグリン・カルトが〝エネルギー投げ縄〟と呼んだなにかで、われわれを捕らえたのである。

その未知者がこの奇妙な塔にかくれているのだろうか？　わたしはからだに寒気《さむけ》がはしるのを感じ、なぜそうしたのかわからぬままティランのヘルメットを閉じた。サリクのほうを振りかえると、かれもヘルメットを閉じている。不思議そうにわたしを見て、ヘルメットを開こうと手をあげたそのとき、にわかに虫が群がってきた。われわれは羽のある虫がぎっしりと集まったなかにいた。そばにある塔が、羽音をたてる壁の向こうに消えるほどの大群である。

驚愕しながらも、ヘルメットを閉じたのがどれほど重要であったか、理解した。閉めていなかったら、なすすべもなく虫の攻撃に身をゆだねることになっただろう。

虫がわれわれにとまった。ヘルメットをぎっしりとおおったため、なにも見えなくなる。わたしは用心しながら数メートル上昇してみたが、振り落とすことはできない。

わたしはじっとしていた。ヘルメットから虫をはらいのけようともせずに。

虫？　これはほんとうに虫なのだろうか。

そのような気がしないのだ。ささやき声を聞いたように思った。勘ちがいだろうか。

それとも、ほんとうにわたしのなかで声がしている？

「聞こえますか？」サリクが問いかけた。「何者かがわれわれに話しかけています」

にわかに、なにかが背中を這いのぼってくる感触をおぼえた。ティランは外界を完全に遮断するのだから、そのようなことはありえないとわかっているのに、そう感じたのだ。微小な足の感触。ふと、ティランのなかに入りこんだアリのイメージが浮かんだ。もしそれが現実ならば、なにができるのだろうか。そう考えているあいだに、わたしは気を失った。一秒で現実とのつながりが切れた。まもなく明瞭な思考を回復したとき、クロノグラフは十五分が経過したことをしめしていた。

そのあいだ、わたしは眠っていたのだろうか？

ヘルメット・ヴァイザーを虫がぎっしりとおおっているため、ジェン・サリクの姿が見えない。最初はヘルメットの内側に虫がとまっているのだと思い、驚いたが、すぐにちがうとわかって安堵する。虫は外側にいた。ヘルメットはわたしの指示どおりに閉じており、侵入することはできない。

「ジェン、そこにいるのか？」

「こちらが訊こうと思っていたところですよ」と、返事があった。その声から、わたしに劣らず驚いているとわかる。

虫が舞いあがった。わたしは先ほどと変わらず城塞の下方を浮遊している。

「ゴンドラにもどろう」と、決めた。

「了解」サリクが応じる。「これ以上ここに調べるべきことがあるとは思えません」

高度三百メートルほどまで上昇し、加速すると、ゴンドラまで飛翔した。虫がついてこないように気をつけ、エアロックを通る前にチェックし合う。外側ハッチにはポジトロン制御の昆虫侵入防止装置がついているのだから、そのような確認は必要ないはずだが。これは、数日前にエアロックの技術装置を調べていて発見したばかりだった。

まもなくドモ・ソクラトがやってきた。

「ジャシェムの両名はどこにいる?」わたしはソクラトにたずねた。

「機関室だ。ゴンドラを浮上させようと努力している」

そういうと、足音をとどろかせて通りすぎていった。

カグラマス・ヴロトとフォルデルグリン・カルトは、エンジンのポジトロン制御装置をいじっていた。二名がそれぞれ六本の腕をつくっているため、いくつもの個所を同時に操作することができる。

「なにかわかったことが?」われわれに気がついてヴロトがたずねた。

「もちろんだとも」わたしは応じた。「エンジン二基のうち一基をとりはずせば、われわれ、すぐにスタートできる」

ジャシェム二名は、わたしが正気を失ったかのようにこちらを見ている。

いま、わたしはなんといったのだ？

面くらって自分のなかに耳をすました。

なぜ、このようなことをいったのか？

「なぜそんなことを？」ヴロトがたずねる。

「ちっともむずかしいことではないだろう」サリクがいつになくきびしい口調で、「二基あるエンジンのうち一基をとりはずし、城塞に運べば、すぐにスタートできる」

「われわれ、エンジンをとりはずしたりなどしない」と、フォルデルグリン・カルト。

「どんなことがあろうと」

「好きにすればいい」サリクは背を向けると、出入口のハッチに向かった。「行きましょう、アトラン」

わたしはかれのあとにつづいた。

未知の精神に操られているような気分だった。ほんとうはジャシェム二名の近くにいたいのに、足が勝手に動くのだ。自分の発言で両名を混乱に突き落としたのだから、いくらか説明をしなければならないはずだった。だが、わたしがなにを知っているというのだ？　なにかをいおうとしたが、唇は閉じられたままである。

わたしはどうしたのだ？　なぜあのような無意味な要求をした？　ジャシェムがあっさりエンジンをとりはずすはずはないと、わかっているはず。そのうえ、あの高性能エンジンを城塞まで運ぶだと？

　われわれは機関室をはなれた。ジャシェム二名は引きとめようともしない。エアロックまで行き、内側と外側のハッチを開けても、だれもじゃまはしなかった。ゴンドラの前では何十億もの虫の群れが舞っていた。城塞の下のすべての塔からあらわれ、われわれの背後について地面すれすれを飛んできたのだ。ゴンドラにいたときには気がつかなかった。

　われわれは昆虫を殺す侵入防止装置を解除し、わきにどいてこの大群をゴンドラに入れた。虫は密集して飛んでいるため、ひとつの巨体がゴンドラに押し入っていくかのようであった。われわれは近くのハッチを開き、虫がゴンドラのあらゆる区域に入れるようにした。

「うまくいった」わたしはサリクにいった。「これで〝樹冠蚊〟種族にとって最善のことをするよう、かれらに強制できるぞ」

＊

「あなたたち、なにをしたの？」深紅の湖のクリオがたずねた。驚いた目でわれわれを見ている。

「ゴンドラじゅうに虫がいる」と、レトスがいい、かぶりを振る。「きみたちのなかでいったいなにが起きているんだ？」

「なにを非難しているのか、理解できないな」サリクが応じた。「すべて順調ではありませんか」

「すべて、順調？」ボンシンがつかえながらいった。「ゴンドラじゅうに虫がいるんだよ。追いはらおうとしたら刺すんだ。なにかしたら、二十四か三十四、まとめてかかってくる」

「そっとしておくのだ」わたしは勧告した。「乱暴なことをしなければ、おとなしくしているはず」

ドモ・ソクラトの目が光った。ハルト人は床にすわり、わたしをじっと見て、

「あの虫は重要な回路を作動不能にした」と、告げた。「ジャシェム二名の修理作業が水の泡だ」

「このゴンドラには、虫に対処できる特別な防御装置はない」レトスがいいそえた。

「エアロックに昆虫侵入防止装置があるのみ。だが、それをきみたちは解除して、蚊の侵入を許した」

わたしは壁にもたれ、胸の前で腕を組んだ。

「きみたちがわれわれを非難するのが理解できない」わたしは応じた。

「いったいどうしたのだ？」ホルトの聖櫃がたずねる。「なにをされた？」

われわれは、ここ数週間そうしてきたように、操縦室の隣室にいた。ジャシェム二名は操縦室にいて、話ができるように装甲プラスト製ガラスを一枚おろしている。

わたしは聞きまちがえたのだと思った。ホルトの聖櫃はなにをいいたいのだろうか。

「正直にいうが、きみがなにをいっているのかわからない」と、わたしは返事をした。

「これではっきりしたようだな」レトスがいい、わたしに向きなおった。わたしはレトスが伸ばすテレパシーの触手を感じたような気がした。だが、おかしなところは見つからなかったらしく、かれは話をつづける。「ゴンドラ内の虫は駆除しなければならない。問題は、われわれでなにか手を打てるのか、ということだけだ」

「なぜ駆除を?」

突然、カグラマス・ヴロトが急いで操縦室をはなれた。

「なぜゴンドラから虫を追いだすのです?」

「問題はそこではないだろう」と、レトス。

「虫はなにもしていません」テラナーがいった。「殺そうとしなければ刺しも嚙みもしないし、そっとしておけばわずらわしいことはない。ただそこにいるだけだ。なぜあの虫のことを気にするのです?」

つむじ風が腕にとまった虫をたたいた。

「ただそこにいるだけ。充分にひどいけど」

そういって、頭にとまったもう一匹の虫をはらいのけた。

「それに、じゃまだし。おまけに刺すんだよ」

カグラマス・ヴロトがもどってきた。装甲プラスト製ガラスをおろしてできた隙間の前で身を起こし、有柄眼をふたつつくると、サリクとわたしをしげしげと見て報告。

「虫がポジトロン接合部の絶縁体をかじっている。ポジトロニクスは新しい絶縁材料をフォーム状に形成したが、それでもどうにもならないだろうと予想している」

「それはきみたちの対処がまちがっていたからにすぎない」サリクが強くいった。

「ああ、もちろんだ」わたしは同意した。「なぜ虫が望むものをあたえてやらない？」

わが友たちは、わたしが正気を失ったかのようにこちらを凝視した。

「ちゃんとした判断ができなくなってるみたいだね」アバカーがつぶやく。

「ゴンドラにはエンジンが二基ある。そのうちの一基を虫にやったとしても、もう一基で目的地まで行けるだろう。虫に譲歩すると決めるのが早ければ早いほど、再スタートも早くできる」

「つまり、エネルギー投げ縄でわれわれを捕らえたのは、あの虫だといいたいのか？」

レトスがたずねた。

「もうとっくに説明したと思っていましたが」サリクが当惑して応じた。後頭部をかく。

「われわれ、みんなが理解していると当然のように考えていました」

「もうすっかり話してほしい」レトスがもとめた。「わたしがいいたいのは、もしきみたちが虫と意思疎通をしているのなら、そのような手段や方法について、すこしは経験のある者がわれわれのなかにはいるということなのだが」

「それはあなた自身のことでしょう。あなたはテレパスだから」と、ジェン・サリク。

「それなら虫と話してください。われわれ、反対はしません」

サリクは床にすわり、脚を曲げると膝に前腕をのせた。

「それどころか、歓迎しますよ。あなたたちテレパスが蚊とやりとりをしてくれたら、より早く合意に達することができる」

レトスは黙ってキャビンを出ていった。つむじ風とホルトの聖櫃がそれにつづく。

数分後、かれらはもどってきた。レトスとアバカーも床にすわり、ホルトの聖櫃はそのすぐ上を浮遊する。

「ほんとうだった」レトスはいった。「かれら、エンジンを一基ほしがっている」

「とんでもなくばかばかしい話だけどね」つむじ風がつけくわえる。

「なにがばかばかしいと?」ジャシェム二名が同時にいった。「あのちっぽけな虫と話したと、あなたがたがいいはっていることか?」

「一匹一匹とは無理だ」と、レトス。「かれらは知性体ではない。だが、群れになると知性を持つ。群れをなす虫たちのあいだにパラプシ性の結合が生じ、精神が形成されて、高度知性体になるのだ」

「つまり、ぼくたちが相手にしてるのはただの虫じゃなくて、集合知性体ってこと」アバカーがつけくわえる。

「われわれがいっていたのは、まさにそれなのに」サリクが小声でいった。テレパスふたりに目をやると、軽口めかして、「われわれを信じてもよかったんじゃないですか」

ジャシェム二名はそれ以上たずねなかった。レトスの話を受け入れたということ。

「かれら、なんのためにエンジンを必要としているのだ？」フォルデルグリン・カルトがたずねた。

レトスが微笑した。「それはわかったのか？」

「かれらはグレイ作用を恐れている。最後までのこっていたヴァイタル・エネルギーを一マシンにつぎこみ、それを使ってエネルギー投げ縄をはなち、われわれを捕らえたのだ。エンジンをほしがっているのはエネルギー・ドームをつくるため。それがあればグレイ化から逃れられると思っている」

わたしはうなずいた。同時に、レトスがあらためてこの事実を口にしたことに、いくらか驚いていた。

〈ばか者！〉付帯脳が口をはさんだ。〈おまえは虫の影響下にある。レトスの話したことを知ってはいても、それをまだだれにも話していないではないか〉

わたしは驚いてジェン・サリクを見た。サリクは両手を顔に当てている。かれも、自分が自分ではなくなり、虫の道具になっていることを、うすうす理解してきたらしい。われわれ、城塞の下方でしばし気を失っていたあいだに、虫になにかをされたのだ。

「なんとばかなことを」カグラマス・ヴロトが興奮して、「エンジンでエネルギー・ドームをつくるなど、無理というもの。必要なのはエネルギー・フィールド・プロジェクターだ。だが、エネルギー・ドームでグレイ化を確実に防げないことはわかっているはず。ドームはグレイ作用を通してしまうのだから」

まさにヴロトのいうとおりだった。エネルギー・ドームがあっても、虫は身を守れないだろう。グレイ化を防ぎたければ、もっとべつの方策を考える必要がある。

ジェン・サリクが立ちあがり、わたしのほうにきて、

「かれら、エネルギー・ドームでは身を守れません」と、いった。わたしと同じことを考えていたようだ。「だが、ゴンドラでヴァジェンダに向かうことも望んでいない。それがグレイ軍団から逃れるいちばんの方法かもしれないのに」

ドモ・ソクラトが憤然となった。

「かれら、なぜわれわれを引きとめた?」と、とどろくような声で、「われわれとともに飛んでいくべきだ。ほかに選択肢はない」

その瞬間、わたしは思いだした。

「かれらにはそれができないのだ」と、説明した。「城塞の下に大きな洞穴があり、そ

のどこかで女王が幼虫とともに生きている。重要なのは女王なのだ。われわれはそのために捕らえられた。大群のためではない」

「ならば女王も連れていこう」ドモ・ソクラトが応じる。

「そういうわけにはいかない」と、サリク。「女王は洞穴で手に入る特定の種類のキノコと微生物を食べている。それがなければ生きていけないし、繁殖もできない。われわれとともにくれば死んでしまい、樹冠蚊たちも死に絶えてしまう。それはグレイ化よりもひどいことのはず」

「そのとおりだ」レトス が同意した。「わたしが聞いたのもまさに同じことだった」

「だったら、道はひとつしかないよ」つむじ風がいいきった。「ぼくたち、フィールド・プロジェクターを持っていかなくちゃ」

5

「寒いですね」ジェン・サリクがいった。

わたしは驚いて目をあげ、ゴンドラ内の温度が急にさがっていることに気がついた。通廊に出てみると、天井が虫の密なカーペットでおおわれたさまが目に入る。凍りつくような空気が吹きつけてきた。

わたしは踵《きびす》を返してキャビンにもどった。ジャシェム二名はパッシヴ体をとっている。高さ五メートル近いモノリスがふたつあるかのようだ。

わたしは両のこぶしで装甲プラスト製ガラスをはげしくたたいたが、ジャシェム二名はびくともしない。

「そんなことしたってしょうがないよ」と、アバカー。「閉じこもっちゃってるんだ。なんにも気にしてない」

わたしはティランのヘルメットを閉じた。ほかの者も冷気を遮断する。

壁や窓が結露し、氷の花ができていた。

「ジャシェムは寒さで虫を殺すつもりだ」サリクが断言した。「ばかなことを！」

温度は急速にさがっている。わたしは通廊に目をやった。たくさんの蚊が天井から落ちて床に転がっている。ちいさなからだは氷の粒でおおわれていた。一清掃ロボットが通廊を走り、何千もの虫を吸いこむ。さらにロボット二台があとにつづき、天井や壁についた蚊をとりのぞいた。

「あんなことをしても無意味だ」わたしは憤然と、「多くの虫が生きのびるだろう」

「カルトとヴロトはなにもわかっていない」と、サリク。「傲慢さのせいで、蚊に負けることなど想像もできないのでしょう。蚊のほうは、降参するくらいなら戦いますよ。われわれがフィールド・プロジェクターの一台を手ばなすほうがかんたんなのに」

ロボットは蚊をすっかり吸いこむと、われわれのキャビンに入ってきた。とめてもむだなので、好きにさせておく。ジャシェムは一歩も譲らず、ここもすみずみまで吸いつくせといいはるにちがいない。

装甲プラスト製ガラスごしに温度計が見えた。機内温度はマイナス百二十三度までさがり、さらに低下中としめされている。

われわれにはなにもできない。ただ待つのみである。

わたしはふたたびキャビンをはなれ、ゴンドラのあちこちを歩きまわった。すっかり凍りついている。虫はどこにも見あたらなかった。やがて温度があがりはじめ、零度をこえると、虫はふたたびあらわれた。だが、減ったという印象はない。またしてもロボットが通廊を走ってきて蚊を吸いこもうとする。しかし、蚊はうまくかわしたり、危険が去るまで通気シャフトに姿を消したりした。

このあいだにジャシェム二名は行動可能となり、さらに温度をあげた。われわれにとってはなんの問題もない。防護服は、周囲の環境から独立した個体温度調整システムをそなえているから。しかし、蚊もさしたる影響は受けないようだ。興奮して飛びまわっているが、暑さで死ぬ個体はいない。結局、ジャシェムは熱による攻撃をやめるしかなかった。ゴンドラの装置の多くが高温に耐えられないためだ。

わたしはよろこびをおぼえた。暴力的な手段では一歩も前に進めないと、徐々にみなが理解してきたようだったから。われわれ、降参し、樹冠蚊の意志にしたがうしかないのである。

「なぜかれら、自分たちでプロジェクターをつくらないのだろう」レトスがたずねた。

「エネルギー投げ縄を設計できるのなら、プロジェクターもたやすいはず。はるかに単純なのだから」

「答えはかんたんだよ」つむじ風が答える。「虫は、ほんの数週間前まで自分たちのために働く共生種族といっしょに暮らしていたんだ。でも、その種族は夜中に逃げちゃった。蚊が寝ているあいだにね。だから虫は、ぼくたちが助けなければ、なんにもできないってこと」

わたしはふたたび通廊に出た。すると突然、蚊の雲のまんなかにいた。虫がヘルメットにとまる。わたしは振りはらおうともしなかった。そのようなことをしても意味はないだろう。

〈なぜ、われわれと戦う？〉わたしのなかで、声がたずねてきた。〈これまでわれわれ、あなたたちを攻撃してはいない。それなのに、そちらはわれわれの多くを殺した〉

〈われわれ、意見がまとまらなかったのだ〉わたしは考え、集合体生物がわたしの言葉を理解できるように願った。

〈われわれの忍耐は限界に近い。これ以上の攻撃を甘受するつもりはない。われわれを助けると決められないのなら、反撃することになる。それはつまり、このゴンドラが最後を迎えるということ〉

清掃ロボットが通廊に出てきたが、わたしには影のようにしか見えなかった。

〈それでは、われわれになにができるのか見せてやろう〉声がふたたび語った。〈ロボットに注目していろ〉

樹冠蚊が動いて隙間が二カ所できたため、わたしは前を見ることができた。数匹の蚊がロボットのなかに侵入するさまが目に入る。

〈なにをするつもりだ？〉わたしはたずねた。

〈ロボットを排除する〉と、集合体生物。

蚊がなにをするのか想像もつかなかったが、突然ロボットが倒れるさまを目《ま》のあたりにすることになった。側面の黄色い光が、自己修復できない損傷を受けたことをしめしている。

〈これはほんのデモンストレーションだ〉蚊が伝えてくる。〈そちらがなおも敵対的な態度に出るのなら、このゴンドラも同じ目にあわせるように強制されたものとみなす〉

大群が四散し、声は沈黙した。

わたしはゴンドラの後方に向かうことにした。フィールド・プロジェクターの所在はわからないが、そのあたりだろうと思ったから。反重力シャフトに着くと、深淵警察のリーダーである大駆除者が近づいてきた。

「いつになれば、ゴンドラから蚊が出ていくように手を打つのだ?」と、笛のような甲高い声で責める。

「なにがあった?」わたしはたずねた。

「数名の部下が襲われた。何百匹もの蚊が防護服の下に入りこんで刺したのだ。頭がおかしくなってしまいそうだ」

わたしは笑いをおさえるのに苦労した。駆除者がどう感じているのか、想像がつく。かれらは分子破壊爆弾、破裂弾、麻痺爆弾を意のままにできる恐ろしい戦士である。そのうえ笏《しゃく》を持っている。片方のはしに球状のグリップ、もう片方のはしに発射口をそなえた、長さほぼ一メートルの黒い棒だ。この笏は使用者の望むまま、考えられるかぎりのエネルギー兵器に変化する。分子破壊銃、レーザー銃、ブラスター、ヴァイブレーション・ナイフ、インターヴァル銃、パラライザーなど。さらに、捕虜の移送用独房となる頑丈な球形拘束フィールドもある。じつに驚くべき武器庫なのだ。

だが、これらの武器があったとしても、ちっぽけな虫を相手になにができるだろうか？ できるのは防御バリアを張りつづけることのみ。ところが防御バリアには、ほかの駆除者とのコミュニケーションをとりにくくし、からだの動きを鈍らせるという欠点がある。さしあたりは身を守ることができ、話したい相手と話せるのだが、スポーツ競技は中止するしかなかった。つまり、ただすわってゴンドラが目的地に着くのを待つしかないのである。

だが、それは駆除者の望むところではない。活発なかれらは、無為にすごすなどいやでたまらないのだ。深淵の地全体で恐れられる戦士が、いまやちいさな虫に屈しようとしている。

大駆除者が息巻くのも無理はない！

「この状況ができるだけ早く解決するように、われわれでなんとかしよう」わたしは約束した。「飛行を再開できるまで、長くはかからないと思う」

わたしはエネルギー・フィールド・プロジェクターを探していることを大駆除者に伝えた。驚いたことにありかを知っていて、数デッキ上の大機械室まで案内してくれた。

「ここにはいろいろな装置がある」と、かれは説明した。「おもに温度調節、それからさまざまな電力供給の調整、廃棄物処理、重力管理をになっているのだ。さらに、フィールド・プロジェクターもある」

このホールにも蚊の群れがいくつかいるのを認めた。マシンの上方を舞っている。

わたしはふたたび考えこんだ。ゴンドラの防御システムはごく弱いものでしかない。アウセ人やスツェセ人の榴弾さえ防げなかったのだ。それなのに、樹冠蚊はそれでグレイ作用から身を守ろうというのか？

なにかがおかしい。

この程度の装置で充分だと考えるほど、集合体生物の知性はあさはかなのだろうか。それとも、まったくべつのプランがある？　ひょっとして、グレイ領主の軍勢に対してどれほど強力な防御壁が必要なのか、まるきり理解していないのか？

サリクがべつのハッチから入ってきた。

「ここだろうと思いましてね」と、小声で、「なにか思いついたのですか？」

「これほど弱いエネルギー・フィールド・プロジェクターで蚊が満足するのだろうかと、不思議に思っていた」

「これではどうしようもないでしょうね。ほんの数日もてばいいと思っているのかもしれません。こちらの思考を読んで、われわれがヴァジェンダに向かっていることを知ったのでしょう。そこで決着がつくとわかっているのですよ。グレイ領主との最終決戦は目前かもしれない。虫たちはほんの数日、あるいは数週間だけ身を守ろうというのでしょう。それくらいなら、持ちこたえられると」

わたしは驚いてサリクを見た。

「そもそもかれら、長く生きるのか？　あの蚊はどれほど生きるのだろう」

サリクは鼻先に手をやり、強くこすった。

「もしかしたら、かれらの望みは二、三日だけ生きのびることかもしれません。そのあとには次の世代がくる。おそらく幼虫がすでにどこかで育っているのでしょう。城塞の下で。もう一度あそこを調べてみるべきだ」

われわれはティランのヘルメットを閉じ、ふたりでエアロックに向かった。ほどなくゴンドラをはなれる。

城塞とその周辺は変化していないようだ。動くものは見あたらない。蚊もほかの虫も、一匹もいないのだ。

城塞の峰のようなドームの上に着地した。樹冠蚊の塔状の建物を高みから見おろす。

「あの建物はもぬけのからですよ」と、サリク。「蚊はすべてゴンドラのなかだから」

「女王や幼虫を探すなら、城塞の下を調べてみるべきだろうな。集合体は洞穴のことを話していた。それを探してみよう」

城塞の中庭におり、城の主建物に入った。まもなく、急な角度で地下につづくらせん階段にぶつかる。段の上を飛翔しながら下に向かい、ありったけの物資が天井近くまで積みあげられた地下室に着いた。この城塞の住民は真の美食家だったようだ。乾燥肉や燻製肉、さまざまな飲み物で満たされた無数の壺が目に入った。だが、試食はひかえておく。やがてサリクが木のはねあげ戸を見つけた。その下に、垂直に下へとつづく立坑がかくされている。サリクがはねあげ戸をとりのけ、壁に設置された梯子《はしご》に注意をうながすと、立坑をおりていく。わたしもあとにつづき、暗い地下洞穴へと入っていった。

「ここになにかおもしろいものがあるとは思えませんね」と、サリクがいう。

壁はグレイで多孔質だった。床には大きな水たまりがある。わたしはその上を飛翔してこえ、ライトを点灯。突如として闇のなかでなにかがきらめいた。近づいてみると、ライトの光が金属の横木に反射している。横木沿いに進んでみたところ、まもなくどっしりとした金属の扉に行きついた。それはやすやすと開き、目を見はるほどひろい地下室につづいていていた。

「なるほど」サリクが歯のあいだから笛のような音をちいさくたてた。「あの集合体は事実を話していたようですね。とにかくここにはマシンが数台ある」

グレイの柱一本のまわりに、何台もの見慣れないマシンが馬蹄《ばてい》形にならんでいた。柱は高さ一・五メートルほど、直径は一メートル弱。すぐに乾いてしまう泥であわててつくられたように見える。

サリクが照明のスイッチを見つけた。明かりが点灯し、われわれは自分の投光器を消すことができた。

「なにを賭けてもいい。女王はこの柱のなかにかくれていますよ」サリクがいった。そのあいだに、わたしはすでにマシンの検分をはじめていた。

「冷却装置だな」わたしは結論づけた。「まちがいなく、冷気を出してこの柱を氷柱に変えられるものだ」

「その目的は、ひとつしか考えられませんね」

「どのような？」

「女王はわれわれの予想どおりのことをするつもりなのでしょう。一種の深層睡眠で危険な時期を生きのびようとしている」

「そして、グレイ生物がいなくなってから目をさまそうと」

「そのとおりです」サリクが同意する。

「じつに楽観的だな」

「われわれと変わりませんよ」サリクは考えこみながらかぶりを振った。「ただ、ひとつだけ忘れていることがあります。深層睡眠でグレイ化をまぬがれることはできない」

「忘れてはいないと思うぞ、ジェン」わたしは異をとなえた。「まぬがれるためにこそ、この地下をグレイ軍団から守るフィールド・プロジェクターが必要だとわかっている」

　サリクが急に笑いだした。

「そのとおりですね。われわれは勘ちがいをしていた。ゴンドラ並みに大きいエネルギー・フィールドのことばかりを考えていたから。それではグレイ作用に抵抗できない。しかし、ちいさな球状フィールドなら表面積はぐっとちいさくなり、それに応じて強度も増す。それに、この地下だけを守ればいいのなら、しばらくはグレイの攻撃を持ちこたえられるかもしれない」

「さしあたり、われわれがヴァジェンダで問題を解決するまで」

「これは推測ですが」サリクは驚きながら、「集合体は、われわれがなんとしてもグレイ領主を撃退しようとしていると知り、これが最後のチャンスだと考えたのでしょう。われわれが勝者になると確信しているようですね」

「だが、なぜ最初にエンジンを要求したのだろうか」わたしはたずねた。

　サリクが笑う。

「集合体には、技術のことはさっぱりわからないからですよ。技術者だったのは、共生していた城塞の住民だ。かれらもずばぬけて優秀ではありませんでしたが。集合体はテレパシーで他者から必要な情報を集め、それを城塞の住民に伝えていただけです。住民は受けとった情報からできることをする。だから、蚊の理解力はやや混乱していたのでしょう」

わたしはすこし先へと飛翔し、隣りの地下室に入った。そこで燃えつきた巨大なマシンの残骸を見つける。

「これがエネルギー投げ縄……というか、そのなごりですね」と、サリク。

「そう、そのとおりだ」わたしは同意した。「集合体がテレパシーでわれわれを探知したとしか考えられない。ゴンドラが接近するとただちに反応し、エネルギー投げ縄を投入した。おそらく、あれが城塞住民の最後の作品だったのだろう」

「その投げ縄がわれわれを捕らえ、強制着陸させた。そのさいに装置自体はだめになったというわけか」サリクがつけくわえた。「そうして集合体はわれわれを手中におさめたが、目的を達するまで時間がかかってしまった。われわれとコミュニケーションをとるのがむずかしかったから」

「ここにプロジェクターを設置すべきだ。それだけで、女王と、この巣にいるかもしれない幼虫をグレイ作用から守れるのだから」

「それで、集合体は？　あの蚊は？」

「蚊は寿命がつきれば死ぬ。それはどうすることもできまい」

「それでは集合体も死んでしまうでしょう」

「あの集合体がほんとうに一匹一匹の蚊によって形成されているのか、わたしは疑わしいと思っている。むしろあの蚊の群れは、女王がさしのばした分肢のようなものではないだろうか。集合体生物はこの柱にひそんでいるのだろう」

そのとき、わたしはヴィジョンを得た。おだやかな表情の若い女の顔が見えたような気がした。その顔がわたしを見ている。わたしの考えは正しかったのだ。冷却装置にかこまれた柱のなかで、知性体が生きている。

〈助けてください！〉知性体がわたしのなかでささやいた。〈冷気のなかでなら、しばらくは次の世代の誕生を遅らせることができます。次の世代をグレイから守るために、そうしようと思うのです。それが最後の希望だから〉

「助けよう」わたしは声に出して約束した。「きみにプロジェクターを提供し、防御フィールドを展開する。望めばいつでも切ることはできる。だが、すこしのあいだがまんしてもらわなければ」

〈待てます。どちらが勝者になるのかは、遅かれ早かれわかるはず。それからプロジェクターを切るか、わが種族とともに滅びるか、決めることにしましょう〉

われわれは地下洞穴をはなれてゴンドラにもどった。いまや蚊は活発に動きまわり、機内設備を次々に破壊している。ジャシェム二名も、これ以上の被害を受けるよりはプロジェクター一台を犠牲にしたほうがいいと納得した。

カグラマス・ヴロトとフォルデルグリン・カルトは、われわれ自身と、たちの悪い破壊分子をゴンドラに入れたわれわれの無能さについて辛辣《しんらつ》なコメントをいくらか発したのち、作業をはじめた。二名はフィールド・プロジェクターの一台をとりはずす。われわれはそれを地下洞穴まで運び、設置した。数日後、なにものも侵入できないであろうエネルギー・フィールドが、蚊の女王の柱をつつんだ。

わたしはもう一度、蚊の女王と精神コンタクトをとった。女王は、われわれが彼女とその種族のためになした行為について礼をいい、われわれがグレイの領主に勝利するよう祈ってくれた。

それから二日間、ジャシェム二名はゴンドラのポジトロニクスの修理をした。そしてついに、われわれはスタートできたのであった。

6

「手遅れにならないうちに着けるだろうか？」ドモ・ソクラトがたずねた。ヴァジェンダまで、あと一日半をのこすのみである。

かれは、われわれ全員が考えつづけていたことを口にしたわけだ。状況は緊迫している。三日前に飛行を一時中断し、下方の深淵の地に目をやったときのこと。見えたのはグレイ一色の地であった。グレイ以外の色はどこにもない。われわれは自問した。グレイ作用はどこまで進出したのだろうか？　すでにヴァジェンダも征服されているのか？

「きみの考えは？」わたしはホルトの聖櫃にたずねた。

〈なにも〉テレパシーの声が応じた。〈ヴァジェンダが征服されてしまったのかどうか、さっぱりわからない〉

「それで、きみたちは？」わたしは隣りの操縦室にいるジャシェム二名に訊いた。かれらはわたしの声が聞こえるように、あいだを隔てる装甲プラスト製ガラスの二枚をさげている。蚊に降参してから、カグラマス・ヴロトとフォルデルグリン・カルトはいくらか気安くなっていた。長つづきはしないだろうが。

「われわれも、現状についてはなんの情報もない」カルトが告げた。「わかっているのは、時空エンジニアがルラ・スサン、またの名を〝深淵遊泳者〟とも呼ばれる謎の種族をヴァジェンダの守護者にしたことだけ。深淵遊泳者がグレイ軍団を相手にどのくらい持ちこたえられるのかは、知りようがない」

〈そのとおりだ〉ホルトの聖櫃が伝えてきた。〈ルラ・スサンは〝影法師軍〟をひきいている。この軍団を動かして、深淵の地の心臓部に対する攻撃を防いでいるそうだ。それができているかどうかは、わからないが〉

ヴァジェンダとその状況について、ホルトの聖櫃もジャシェム二名もそれ以上話そうとはしなかった。おそらく知らないのだろう。

わたしは自分のクロノグラフに目をやった。NGZ四二八年の十一月が終わろうとしていた。

「なぜ飛行を中断しない？」と、テングリ・レトス＝テラクドシャン。「目的地まであと一日半だ。このあたりでヴァジェンダやグレイ軍団について聞かせてくれる者と会えるかもしれない」

「ヴァジェンダまでまだどれほどの距離があるのか、よく考えていないようだな、レトス」わたしは応じた。「一日半、つまり三百九十億キロメートルほどだ。情報収集のために飛行を中断するなら、目的地到着の数秒前まで待たなければ意味がないだろう。それでもヴァジェンダまで百万キロメートル以上あるわけだが」

「ああ、もちろんそうだ」レトスはいい、その唇を微笑がかすめた。「光速で飛んでいることをほとんど忘れていた。きみのいうとおり、いま中断しても意味がないな」

「しかし、距離を一秒単位で正確に定めるのも無理というもの」カグラマス・ヴロトが口をはさんだ。「あとで位置を確認しよう」

深淵の地のとほうもないひろさをあらためて思い知らされた。その上空を実際に秒速三十万キロメートルで進みつづけているとイメージするのは、むずかしい。一秒ごとにヴァジェンダは近づいているが、数十万キロメートル、いや、数百万キロメートル通りすぎてしまう危険性もおおいにあるのだ。

いま、深淵の地の心臓部はどうなっている？　われわれ、まにあうのか？

それについては、考えることさえ不可能に思えた。

グレイ軍団はどれほどの速さでヴァジェンダに進撃している？　まだ持ちこたえているだろうか。

目的地への到着と、グレイ勢力との対決にそなえ、準備をさらに進めることにした。防衛処置を強化する。ジャシェム二名は防御バリアの性能をいくらか向上させることに成功した。だがやはり弱く、はげしい攻撃には耐えられそうにない。到着後、いかに迅速にゴンドラ外に出るかが事態を決すると、全員の意見が一致した。すんなりと脱出できるよう、ゴンドラ上部の数カ所に切りこみを入れ、爆破できる個所を用意。これで、五千名以上にはせますぎるエアロックから全員が出ることにはなるまい。

「飛行を一時中断することにした」最後の一時間となったとき、カグラマス・ヴロトが告げた。ヴァジェンダまで、あと十億キロメートルほどである。「ここからはすこしずつ中断しながら飛行していく」

その直後、ゴンドラは下降した。深淵の地の上空を、のんびりといった風情で飛行する。下にはグレイの砂漠がひろがっていた。

フォルデルグリン・カルトは、すぐにゴンドラを深淵定数の近くまで上昇させ、数秒で光速まで加速した。次に下降しても景色は変わらなかった。下の世界はどこまでもグレイである。

四度めに飛行を中断してようやく、ぎざぎざのグレイ領域のはしに緑地帯がいくつか見えた。グレイ領域は、押しよせる洪水のごとくゆっくりと、だが確実に前進している。

居住地の住民は無数のグライダーを飛ばしてグレイ化から逃げていた。だが、地上車で逃げようとした者にチャンスはなかった。車輌がグレイにのみこまれるさまが見える。

われわれはさらに減速し、ある谷に着陸した。すぐにあらゆる方向からグライダーが押しよせる。轟音とともに大地が裂け、ひろびろとしたグリーンの草地がすくなくとも長さ百メートルにわたって谷から浮きあがり、ゴンドラの機首や側面にかぶさった。巨大な物体がのしかかり、きしむ音が聞こえる。この攻撃には心底驚いた。むしろ、住民たちが殺到してくるのではと思っていたから。

「これは、なに？」ボンシンがつかえながらいった。「考えてるよ」

「なんのことをいっているんだ？」ジェン・サリクが驚いてたずねる。

「われわれの上にのっている草地のことだ」と、レトス。

「では、なんなのか見に行こう」わたしは声をかけた。

草地でおおわれていない側に急ぎ、エアロックを通って外へと飛翔した。ゴンドラの上をこえて、ゆっくりと反対側へまわる。ゴンドラは、着陸のさいに機首と右舷が草地の下に入りこんだかのようになっていた。土、石、草、苔《こけ》、藪や木々からなる緑の舌が、巨大な包装紙のようにゴンドラをおおっている。

無数のグライダーがわれわれのそばに着陸していた。じつにさまざまな生物たちが目に入る。かれらは機体から降りたが、近づいてはこない。なにをすべきかわからないかのように、グライダーのかたわらに立っている。多くの者が銃を持ち、いまにも撃たんばかりにかまえていた。しかし、全体に共通点があった。打ちひしがれ、敗北は避けられぬと覚悟したかのごとく、意気消沈しているのだ。

わたしは数名のもとに飛翔した。革に似たひろい笠がある大きなキノコのような外見をした生物だ。白いからだから四つの有柄眼が突きでていて、その目でおどおどとこちらを見た。腕はきわめて細く、それで銃をかまえられるのが不思議なほどであった。

「心配することはない」わたしはかれらにいった。「わたしは味方だ。われわれ、ヴァジェンダに向かっている」

「われわれもだ」きしむような声で一名が答えた。聞きとるのはひどくむずかしい。

「ヴァジェンダについて、なにか情報を持っていないだろうか」わたしはたずねた。

かれらは大きな笠を揺らした。

「どうやって情報を得るのだ？」と、答えが返ってきた。「われわれ、ヴァジェンダをこの目で見る見込みさえないというのに」

わたしはおのれをおろか者と叱責した。よくあのようなことが訊けたものだ！　当然ではないか。われわれはまだ、ヴァジェンダからはるか遠くはなれたところにいる。かの地は、この者たちにはけっして行けぬ場所なのである。

かれらが休みなく超高速で深淵の地の上空を飛びつづけたとしても、何年もかかるだろう。だが、それほどの時間はのこされていない。グレイの洪水がやってきて、深淵の地に氾濫《はんらん》する。多くの地域で、すでに避難者たちが巻きこまれているのだ。

「われわれも連れていってほしい」先ほどのキノコ生物が乞うた。どうやら最年長者らしい。笠の数ヵ所に苔が生えているから。

「そうしても意味はないだろう」わたしは応じた。「ヴァジェンダに着けば戦闘になる。きみたちが生きのびることはできない」

「すくなくとも、やってみることはできるはず!」キノコ生物が必死に叫んだ。「まわりを見てくれ。いたるところからグレイが押しよせている。われわれ、どこに向かえばいいのかもわからないのだ」

「残念だが」わたしはそういってゴンドラにもどった。相手をどれほど落胆させたかわかっているが、どうすることもできない。あのような会話はしないほうがよかったのだ。サリク、ボンシン、レトス、ジャシェム二名、それから数名の駆除者が、ゴンドラにのしかかった物体の上を浮遊していた。

わたしはサリクのもとへと飛翔した。

「これは生きています」と、サリク。「つむじ風とレトスがテレパシーで探りを入れました。思考しているのはまちがいないそうです」

わたしはグライダーが接近してこないことを確認して、ゴンドラの表面まで下降した。グライダーはすべて、二百メートルほどの距離をおいて着陸している。

「なにも聞きだせなかったよ、ジェン」わたしはいった。「あとどれほど距離があるものか考えていなかった。ヴァジェンダまであと数光分ある。われわれにとってはたいした距離ではない。それどころか目的地を通りすぎないように気をつけなければならないほど。だが、グライダーの者たちにとってはちがう。かれらにはこえられない距離なのだ」

　サリクはうなずいたのみ。

「これをどうするの？」つむじ風がたずね、土、石、草、苔、藪や木々からなる塊りを指さした。「カグラマス・ヴロトがスタートしようとしたんだけど、そうすると引き裂いてしまいそうなんだ」

「スタートすれば、これを殺すことになる」レトスがつけくわえた。かれの銀色の髪は、グレイ作用に捕らえられたかのように、奇妙にぼんやりとしていた。

「知性はどの程度だ？」わたしはたずねた。

「これが知性体だなんていっていないよ」アバカーが応じ、はねつけるように手を伸ばした。「わかるのは、生きてるってことだけ」

「思考するのか？」サリクがたずねる。「もしそうなら、なにを考えている？」

「ぼくたちにくっついていれば、幸せなんだ」つむじ風が告げた。「はなれようなんてちっとも考えてない。ヴァジェンダまで連れていってもらうつもりでいるよ」

「だが、もちろんそんなことはできない」わたしは断言した。「ゴンドラがスタートして光速まで加速すれば、吹き飛ばされてしまうだろう」

「それを理解させようとしたが、反応しないのだ」レトスがいう。

「ぼくたちの話がわかるほど、知性は高くないんじゃないのかな」つむじ風がつけくわえた。

「じつに前途有望だな」サリクがうめく。

われわれはとほうにくれた。だれひとり、どうすればいいのかわからない。わたしはみなから数歩ほどはなれ、周囲の地面に目をやった。大勢の未知生物がグライダーを降り、ほかの者のもとに向かっている。グレイ作用からの避難者が大きなグループをつくって議論していた。数名がくりかえしわれわれのほうを見るが、なんの話をしているのかは想像もつかない。

かれらも、われわれと同じほどよくわかっているのだ。グライダーでヴァジェンダに行くことはできないと。迅速に移動できるのはゴンドラのみである。だが、かれらを乗せて戦場のまんなかに連れていくわけにはいかぬし、そのようなことは許されない。そうできるだけの装備がないのだから、かれらは確実に死ぬことになる。

〈そう考えれば、いいのがれることはできるな！〉論理セクターが責めた。

わたしはぎくりとした。

聞きまちがえたのか？

避難者たちを乗せられるわけがない。そのようなことを引き受けるなど、無責任というもの。

〈かれらをヴァジェンダまで連れていくべきだと、だれがいった？〉

わたしはちいさく悪態をもらした。このあたりに着陸してはならなかったのだ。あらたな問題を引き起こしたのみである。


レトスが近づいてきた。わたしを奇妙な目つきで見ている。琥珀色の目のなかのグリーンの点が、いつになく鮮明であった。

「かれらにはっきりと伝えておかなければならないな。ヴァジェンダのはるか手前でゴンドラを降りてもらわなければならないし、グライダーも置いていくことになると」

わたしは確信が持てずにかぶりを振った。レトスはわたしの思考を読むことはできないが、わたしがなにを考えているのか、わかっている。

「そうすると、かれらのチャンスはなくなるばかりだろう」わたしは異をとなえた。

「グライダーも最後まで持ってきた家財道具もなしで、どうすればいいのだ？」

「そんなことは、かれらにとってはどうでもいいのかもしれないだろう？」レトスは地面をさししめした。あらゆる方向からグレイが押しよせている。避難者たちは閉じこめられ、ゴンドラで逃げることができるのはわれわれだけだ。

「いいだろう」わたしは同意した。「そう伝えてみよう」

「時間のむだだ」われわれの意向を聞いて、フォルデルグリン・カルトが抗議した。

「あなたたちのかぎられた記憶容量でも、その程度の事実関係は理解できるはず」

白熱した議論がはじまった。だれかをゴンドラに乗せることに、ジャシェム二名と駆除者たちは反対し、ほかの者たちは賛成する。

「あれはどうしたものか」最後にレトスが、ゴンドラにのしかかった物体をさしてたずねた。「まずはあれをかたづけるべきだろう。べつの問題を背負いこむ前に」

「麻痺させせましょう」ジェン・サリクが提案した。「そうすれば、ひとりでに滑り落ちるかもしれない」

サリクはコンビ銃をかまえ、謎の物体に狙いをつけた。だれも異議はとなえない。サリクが撃つと、目に見えぬエネルギー・ビームが物体をつらぬいた。物体がにわかに身を起こし、土砂《どしゃ》がはげしい音をたててゴンドラに落ちる。いくつかの藪は爆発するように土からはじけとび、大きな弧を描いて宙を舞った。巨大な物体はゴンドラの側面沿いにゆっくりと滑り落ちていく。轟音とともに深みへ落ち、はるか下の岩場に激突。木々、藪、草、苔、あの物体から生えていたものすべてが土砂の下に消えた。

「もう考えていないよ」つむじ風がちいさな声でいった。「だけど、死んでない」

「それで、あれはなんなのだ?」わたしはたずねた。

「わからない」アバカーはそう答えると、困りきって四本の腕をあげた。「もしかしたら、草地の下にいたなにかかもしれない。木か、藪か、苔か……わからないよ」

　突如として、あらゆる方向からグライダーが飛んできた。ゴンドラの近くに着陸する。そのうちの一機から一昆虫生物が跳びおり、細長い足で近づいてきた。二本の腕を高く伸ばし、平和的使者だとしめしている。

「聞いてくれ」甲高い声で叫ぶ。「われわれ、あなたがたと話さなければ」

　わたしはほかのグライダーに目をやった。すくなくとも三百機は集まっている。機内の者は意気消沈し、すっかり希望を失っているようだ。かれらの気持ちはよくわかる。谷をかこむ丘の向こうにグレイの霧がかかり、ますます近づいているのだから。

「なんの用だ？」サリクがたずねた。

「われわれを連れていってほしい」昆虫生物が応じた。その巨大な複眼は、奇妙な具合に輝きを失っていた。早くもグレイ化されたかのように。「われわれを置き去りにするなど許されない。あたり一面からグレイが押しよせているのだから」

　わたしはすでに決定ずみだといわんばかりに、ジャシェム二名や駆除者たちの異議をしりぞけた。

「きみたちを連れていこう」わたしは宣言した。「だが、ヴァジェンダのはるか手前で降りてもらう」

　昆虫生物は抗議するように鉤爪をあげた。

「なぜだ？」と、たずねる。「なぜ、ヴァジェンダでまで連れていかない？」

「議論はしない」わたしは応じた。「その時間はないから。承諾するか、ここにのこるかだ」

昆虫生物は当惑して腕をおろした。みじかく考え、同意する。

「選択肢はないな」と、譲歩した。「ほかの者にそう伝えよう」

ジャシェム二名は、この決定はくつがえせないと納得したようだ。駆除者たちも異をとなえず、黙ってゴンドラにもどると、エアロックを開けた。二千名ほどのさまざまな種族がゴンドラに避難してきた。所持品をすべてのこして、迫りくるグレイから逃れるためだけに。

ゴンドラがスタートすると、ジェン・サリクとわたしは避難者がいるキャビンに向かった。これほど悲惨な光景は、ほとんど見おぼえがないほどである。

ランプシェードを思わせる外見の一生物がわたしに近づいてきた。はじめ、その生物は床のすぐ上に浮いているように見えたが、信じられぬほど細い脚三本で動いている。足先は絹のヴェールのようで、かさこそと音をたてて床の上を滑っていた。

「わたしはドウゴ」その者は自己紹介した。「ヴァジェンダに着けばすぐに、グレイ軍団との戦いがはじまるのだろう。その戦いが熾烈《しれつ》できわめて危険なこともわかっている。わたしはあなたたちに加勢したい。だから、のこらせてほしい」

「われわれがグレイ軍団と対決すると、だれがいった？」と、サリク。

「噂が耳に入ったのだ」ドゥゴが応じる。「知り合いの一名が、ヴァジェンダ方面からの通信を聞いた。そこを襲うというグレイ軍団のことを話していた」

「それで?」わたしはたずねた。「それについてもっと聞かせてもらえないか?」

「残念だが、それ以上は聞いていない」ランプシェードの下のほうから声がした。

「きみの申し出はありがたく思っている、ドゥゴ」と、わたし。「だが、断るしかないのだ。われわれがヴァジェンダに着くとき、きみたちは一名たりともゴンドラにいてはいけない。全員、その前に降りてもらう」

ドゥゴは落胆してため息をつくと、背を向けて踊るように去っていった。

われわれはさらに数名の避難者と話をした。ともにグレイ領主の軍勢と戦うと何名もが申しでたが、受けるなど無理というもの。われわれは情報がほしかったのだ。だが、だれからも得ることはできなかった。

そのあいだにも、ジャシェム二名は深淵の地の心臓部へと慎重に接近していた。避難者たちにはゴンドラを降りる準備をさせた。もうすぐである。ヴァジェンダまで、あと数光秒をのこすのみ。下では広大な緑の平原がはるか遠くまでひろがっている。ところがそこに、グレイの壁が威圧するように立ちあがっていた。それが動いているのか、近づいてきているのか、われわれには判断がつかないが。

すべての避難者がゴンドラをはなれたことをたしかめて、われわれは飛行をつづけた。

そこで最後の準備をする。

駆除者たちはエアロックや上部デッキに散った。ジェン・サリクとドモ・ソクラトとわたしは、操縦室のそばにとどまる。とほうもなく緊張していた。われわれ、二カ月あまり移動してきた。わたしのクロノグラフはNGZ四二八年十二月一日と表示している。

われわれはくりかえし自問した。ヴァジェンダで目のあたりにするのは、どのような状況なのだろうか？

グレイの領主は、ヴァジェンダからどれほどの距離まで迫っている？ ヴァジェンダとは、どのようなところなのか？

「衝動洗濯すればすっきりするのだろうな」ドモ・ソクラトがとどろくような声でいい、かすかに笑った。「ずいぶん長いあいだ、からだを動かしていないから」

「なにもせずにがまんするのも、あとすこしだ」サリクが応じる。

深紅の湖のクリオの横で、ホルトの聖櫃がおちついて浮遊している。クリオは体内物質から小火器をつくっていた。

〈前途有望とはいえんな〉論理セクターが他人ごとのように断じた。〈あまりにも長い時間が過ぎた。グレイ領主の側のほうが、圧倒的に有利だ〉

このようなコメントは必要ない。時が過ぎたことはよくわかっている。いまは決意のときなのだ。いずれにせよ。

ゴンドラが減速するのを感じた。窓の前が明るくなる。グレイの地を見おろして、われわれは息をのんだ。

くるのが遅すぎたのか？

はるか前方に、さしわたし一万キロメートルの卓状地がそびえていた。高さ千メートルほどの垂直な岩壁があり、麓《ふもと》の地面の上には無数の地上ヴァイタル・エネルギー貯蔵庫がならんでいる。

「あれがヴァジェンダだ」ジェン・サリクが興奮して、「まだグレイに征服されてはいない」

卓状地の上には、自由ヴァイタル・エネルギーからなる金色の霧のようなものがかかっていた。そのために細部までは見えない。あのどこかにヴァジェンダがあるはず。

「まだ手遅れではない」ドモ・ソクラトがとどろくような声で断言した。「だが、そろそろ介入すべきときだ」

「そうかんたんにいくとは思えん」わたしは応じた。「ヴァジェンダまで、すくなくともあと十キロメートルはある。そのうえ、いたるところにグレイ領主の軍勢がいるのだから」

「なぜ、もっと先まで飛ばないの？」クリオがかすれた声でたずねた。

ジャシェム二名がこちらを振りかえった。これまで着用していた防護服を、はるかに高性能の黒いものに交換して、戦闘の準備をすっかりととのえている。

「そうだ。なぜもっと先まで飛ばない？」サリクが同調した。

「できないからだ」カグラマス・ヴロトが尊大さのかけらもなく応じた。「エンジンが機能していないのだ」

7

ゴンドラは、まだグレイ作用のおよんでいない場所のひとつに着陸した。ヴァジェンダに向かって巨大な扇のように開けているところである。

「いたるところにグレイ領主の軍勢がいますね」ジェン・サリクが驚きながらいった。ゴンドラ側面の窓のそばに立ち、外を見ている。「もっと先まで行かなければ、われわれ、かれらに捕らえられてしまうでしょう」

「防御バリアを展開した」と、フォルデルグリン・カルト。「しばらくは攻撃者を押しとどめられるだろう。そのあとには、なにかが起きるにちがいないが」

ジャシェム二名は、無数の擬似肢を動かして、われわれのそばを急ぎ通りすぎた。腕を数本つくりだし、銃を持っている。先の見えぬ戦いに向かうと決意しているようだ。

だが、だれを相手に？

〈おろか者！　エンジンがとまったのだぞ〉付帯脳が指摘した。

「なぜわれわれ、このような過ちができたのだ、ジェン！」わたしは叫び、急いでジャシェム二名のあとを追った。

「どうしたのですか？」わたしについてきながらサリクがたずねた。

「明白ではないか」わたしは応じた。「われわれの目は節穴だった。あるいは……ちがうな、ごくかんたんなトリックに引っかかってしまったのだ。ゴンドラにのしかかってきた草地のことを忘れたか？　われわれ、本能的にあれに気をとられ、いくつかのことを見落としていた」

サリクが驚いてわたしを見る。

「陽動作戦だったのか」と、うめいた。「われわれがあれに気をとられているあいだに、何者かがゴンドラにしのびこんだ」

「ぼくだって気がつかなかったんだから」わたしの横で実体化したボンシンが叫ぶ。

「かれらが思考を遮蔽《しゃへい》できるのか、ぼくが眠っていたのか、どっちかだよ」

われわれはジャシェム二名につづいて通廊を飛翔した。ジャシェムたちも反重力を使って移動している。エンジンの損傷をできるだけ早く修理し、最後の十キロメートルをゴンドラで突破できるよう、願うしかなかった。エンジンの再始動に失敗すれば、勝ち目のない戦いにのぞむしかなくなるのだ。

機関室に通じるハッチが、轟音とともに横へ飛んだ。グレイの煙が塊りとなって押しよせる。カグラマス・ヴロトとフォルデルグリン・カルトが突入し、銃を撃った。まばゆいエネルギー・ビームが巨大なマシン数基に向かってはしるさまが目に入る。

「偉そうな人たちが、みずから戦ってる」つむじ風は驚いて、「かれらに腰があったら、〝腰が引けてるよ〟って、いってやるところなんだけど」

「この場にはまったくふさわしくないたとえだな」サリクがきびしくいった。「かれらは決然と身を投じている。そんなたとえは、プロトプラズマ集合体との些細《ささい》ないざこざのときに使うことだ。さ、応援に入るぞ」

「きみはさがっていろ」わたしはアバカーに命じた。

つむじ風は驚いてわたしを見て、

「どうして？」と、たずねる。

「このあと、まったくべつのかたちできみの能力が必要になる気がするのだ。ここはわれわれがかたづける。そのあとのことは、おそらくきみにしかできない」

つむじ風は理解して、サリクとわたしが通れるようにわきへどいた。

ジャシェム二名はふた手に分かれていた。ヴロトは左に、カルトは右に。だが、マシンのあいだを動きまわっていて、姿が見えない。グレイ領主の手先も見あたらなかった。機関室のどこかにかくれているのだ。

サリクがスイッチ・コンソールまで走り、その奥の床に身を投げると、標的をパラライザーで撃った。わたしには標的が見えなかった。

「そこ、調整機の裏です！」テラナーがわたしに叫んだ。

わたしは一マシン塊の向こうまで身をずらした。奇妙なかたちの影を認める。一侵入者が構造支持体の陰にかくれていることをしめすものだ。

わたしはティランでそこまで飛翔した。にわかに真横を閃光がはしり、かすかな衝撃を感じる。防御バリアが赤熱した。自動的に暗くなったヘルメット・ヴァイザーごしに、わたしに射撃を浴びせながら近づいてくる一昆虫生物が見えた。

先ほどの着陸時、安全地帯まで連れていってほしいとたのんできた者だ。無気力な、大きな複眼でこちらを見ている。わたしはそのときようやく理解できた。第一印象は正しかったのに、解釈を誤ったのだ。この者は希望を失っていたのではない。すでにグレイ生物と化していた。驚くべきは、わたしをだますのに成功したこと。

わたしはパラライザーを撃ったが、なんの効果もなかった。

「消えうせろ！」昆虫生物はわたしに叫んだ。「すぐに出ていけ。さもなくば、ポジトロニクスを撃つ」

そういって、ポジトロニクスの調整機に銃を向ける。この調整機は交換がきかない。ほかに選択肢はなかった。わたしはブラスターを発射。エネルギー・ビームが昆虫生物の銃に当たり、吹き飛ばす。だがその瞬間、飛んだ銃の閃光が敵自身に向かった。相手は死んで床にくずおれた。

フォルデルグリン・カルトがわたしの横にあらわれ、頭の大きさの目でわたしを見る。

「あなたの計算能力が充分ではないかもしれないので、念のためにいうが」これ以上の傲慢さはないという話しぶりである。「敵は三名だけだ。全員死んだ」

カルトが殺したグレイの手下二名の死体のそばへ行った。ジャシェムの尊大な態度に動じることなく、わたしはたずねた。

「この者たちがもたらした損傷は、修理できるのか？」

「技術的な要素を分析して、必要な修理をする」と、カグラマス・ヴロト。

そして背を向けると、急ぎ立ち去った。わたしは逡巡《しゅんじゅん》しながらあとを追う。数分でゴンドラを再スタートさせられると、ヴロトは本気で考えているのだろうか？　大幅に遅れるのではないかと、わたしは懸念していた。

「無理です」サリクがすぐに断言した。グレイの手下が破壊工作をした個所に着いたときのこと。ポジトロニクスの大部分が焼失し、予備系統の一部までもが損傷しているようだ。数分で修復できるとは思えなかった。

「ゴンドラを捨てるしかないな」わたしはいった。「降りて前進する」

「そのとおりですね」サリクが同意した。「出発が早ければ早いほど、うまくいくでしょう。一分ためらうごとに、グレイ勢力に勝機をあたえることになる」

「ゴンドラは再スタートできる」フォルデルグリン・カルトが告げた。

「どうやって？」サリクがたずねた。

「説明などむだなこと」カグラマス・ヴロトが応じる。「あなたがたのプロトプラズマ・コンピュータの理解力は、この問題を処理するには不充分だ」

「べつないい方をすれば……ぼくたちがばかすぎて、わからないってことだね」いつのまにか近くにきていたつむじ風がコメントした。

「そんなことはどうでもいいさ」と、テラナー。「かれらに説明する気がないのなら、それでかまわない。肝心なのは、ゴンドラを再スタートさせてヴァジェンダにさらに近づくことだ」

そういうと、大きな笑みを浮かべて、

「天才的な解決策だよ」と、つづける。「われわれはグレイ軍団をおびきよせた。かれら、ゴンドラはもはや飛べないと思っている。だが、かれらがここに集中しているあいだに、われわれはヴァジェンダに数キロメートル接近するというわけだ。そうすれば、敵の強力な軍勢とことをかまえずにすむかもしれない」

清掃ロボットが四体、急ぎ入ってきて死体を収容した。われわれはロボットに、あっさりと廃棄するのではなく冷蔵室に安置するよう、指示を出した。かれらはグレイの領主の犠牲者である。むげに処分されるいわれはないというもの。

「グレイ勢力は大きな戦闘ロボットを投入してるよ」つむじ風が興奮して知らせた。考えこんでいたが、急に驚いて飛びあがったのだ。「レトスがいってきたんだ、テレパシーで」

われわれは機関室をはなれた。ゴンドラの周辺部へ向かう駆除者数名と出くわす。深淵警察は驚くほど冷静だった。グレイ軍団の抵抗をねじ伏せ、ヴァジェンダに向かうのだと、信じて疑っていないようす。

「ジャシェムたちが抜け目のない解決策を見つけたのだ」一駆除者がいった。駆除者の声にしてもひどく高い。深淵警察のがっしりとしたからだにくらべると、奇異に感じられるほど。「かれらはここ数日、防御バリア・ジェネレーターを改良していた。助かったな」

われわれは驚いて顔を見合わせた。カグラマス・ヴロトとフォルデルグリン・カルトがゴンドラの防御バリアに手をくわえたことは知っていた。だが、のこされたジェネレーターの性能を大幅に改良できるとは、思っていなかったのである。

わたしは、古めかしい榴弾でさえも防御バリアを貫通したことを思いだした。駆除者の言葉をどう解釈すべきか、見当もつかない。横の窓から外を見て、ことの経過を目にしてようやく、どういうことか理解できた。

球形の岩が集まった場所の向こうから、何十というグレイの人影が攻撃をしかけてきていた。巨大な把握アームとエネルギー・ビーム・プロジェクターをそなえた一種の戦車とともに進軍してくる。

「突入する気だ」と、サリク。「バリアなど問題にもならないでしょう」

サリクのいうとおりだと思えた。戦車が到達し、防御バリアが光りはじめる。恒星のごとく明るいエネルギー・ビームが戦車のプロジェクターからはなたれ、バリアを貫通。われわれからはなれた場所、ゴンドラの側面をビームが襲う。はっきりと見える構造亀裂が生じた。

だがそのとき、状況が変化した。

戦車とグレイの人影が、にわかに宙へと巻きあげられるさまが見えたのだ。百メートルほどの高さにまで上昇し、地面に墜落する。戦車は石のように落下して巨岩に激突し、粉砕された。だが、グレイ領主の兵士は小型反重力装置をそなえ、制動をかけられたために、無傷で着地した。

細長い空き地から金属体が飛翔してきた。そのあとの出来ごとはあまりにも速く、目ではほとんど追えぬほどであった。ロボット制御の砲弾は、五十メートルほどの距離に迫ったところで、飛行しつづける力を失ったかのように減速。砲弾をつつむかすかな光が、エネルギー・フィールドに突入して捕捉されたことをしめしている。

「これでわかった」サリクは感心しながら、「ジャシェムは蚊から学んだわけだ。防御バリアのエネルギーをせまい場所に集中させ、もっとも危険な攻撃を阻止しています」

サリクのいうとおりだった。

ジャシェムはゴンドラ全体の防御を解除し、真に危険な攻撃への対処に最大限集中していた。これは操縦室の高性能コンピュータの支援がなければ不可能だろう。大損害をあたえぬ命中弾は甘受している。ゴンドラなど残骸になってもいいと考えたかのように。このような解決策はわたしには受け入れがたかった。多くの犠牲者を出しかねないから。とはいえ現状では、これがもっとも効果的だと認めるしかない。

足もとの床が振動し、爆発の轟音が聞こえた。さらに多くの命中弾を受けたのだ。だが、ジャシェムたちが無視しているところをみると、ゴンドラの生命線には触れていないのだろう。そのかわりに、命中していればエンジンを確実に撃ちぬいたであろうミサイル弾が、数秒間ですくなくとも七発、阻止された。

「長くはもたないでしょうね」と、サリク。

「そう思うよ」つむじ風が同意する。

「同等の兵器で何度も攻撃を受ければ、終わりだろうな」わたしも賛成した。

次の瞬間、ついにその時がきた。四基のミサイルが猛然と迫る。身を伏せたときには轟音が響いていた。赤熱した破片が周囲を舞い、われわれの個体バリアがぎらぎらと光る。数秒間は、火の玉の中心にいるかのようであった。炎が消えると、熱により液化した素材が目の前の壁を伝い落ちた。

振りかえってみると、ついさっきまで立っていた場所に巨大な穴があき、破片がぱらぱらと落ちていた。グレイ領域から何百という姿があらわれ、接近してくる。同じくグレイ一色の背景にあって、見わけるのはむずかしかった。

グレイ領主の軍勢が総攻撃にうつった。それまでグリーンだった一帯にかれらが侵入すると、そのうしろにグレイ領域がひろがっていく。グレイは流れるように前進した。まだ掌握《しょうあく》していない地域に長い舌を伸ばし、波のような動きでとりこんでいく。

「グレイが退却している場所は、ひとつも見あたりませんね」と、サリク。

「抵抗運動も終わりだね」アバカーはおののいて、「まだグレイに降参していないのは、ぼくたちだけだよ」

グレイ軍団は防御バリアを突破するだろう。わたしはそう確信し、絶望してヴァジェンダに目をやった。目的地にこれほどまでに接近しながら、破滅するというのか？　最後の十キロメートルを突破する手段は、ないのだろうか。

ないように思えた。

グレイ領主の部隊はさらに迫っている。われわれになすすべはない。到達距離が何百メートルもある武器など、だれひとり持っていないのだ。グレイが数メートルまで近づくのを待つしかない。だが、そうなってからでは手遅れである。

「ゴンドラを降りて、少人数に分かれてヴァジェンダに行こうよ」ボンシンが提案した。

いつもの無邪気さも、重大な危機を前に消え去っている。押し殺したような声だ。

〈恐いのだな〉付帯脳は見抜いた。〈つむじ風は何度もグレイから逃げてきた。もう逃げ場はない。グレイ作用を受けた自分の種族がどうなったか、忘れていないのだ〉

「グレイはまさにそれを期待しているのだ」サリクがいさめる。「われわれを小グループに分散させれば、すこしずつかたづけられるから」

グレイ勢力は勝利を確信しているようだ。小型戦闘ロボットも加勢し、迅速に前進している。四本脚の戦闘ロボットに乗っている者もいた。近くにくればくるほどはっきりと見わけられる。ヒューマノイドは見あたらない。ほとんどが昆虫種族である。グレイの領主は、冷酷さと士気の高さゆえに昆虫種族を投入したのだろう。

だが突然、攻撃がとまり、しずかになった。

グレイ領域が拡大をやめている。

「どうしたのかな?」つむじ風がたずねた。

「嵐の前の静けさか」と、サリク。

「いや……だれかがわれわれと話したがっているようだ」わたしは驚いていった。

丘の上にグレイの人影がひとつ立っている。それがどこからきたのか、ずっと前から攻撃者のなかにいたのか、どこかのかくれ場からあらわれたのか、わたしにはわからなかった。人影は両腕をあげ、こちらの注意を引こうとしている。

「グレイの領主だよ！」アバカーが叫ぶ。「交渉するつもりなんじゃないかな？」

グレイの領主はヒューマノイドで、それだけでも接近中のほかのグレイ生物とはちがっていた。フードつきのマントを身につけている。

「思いちがいでしょうか。顔があるようですが？」サリクがたずねる。

「思いちがいではないな」わたしは応じた。

ほんとうに、そのグレイ領主には顔があった。グレイの楕円形に、大きな黒い目、ちいさな鼻、黒くて細い唇のある口がついている。かなりの距離があっても、はっきりと見てとれた。

「なにを……したいんだろう？」つむじ風がつかえながらいう。「ぼくたちが戦いもせずに降参するなんて、本気で勘ちがいしてるのかな？」

「さっぱりだ」テラナーが白状する。「だがまちがいなく、すぐにわかるだろう」

「交渉するつもりなの？」つむじ風は驚いて、「そんなことしたって、しかたないよ」

ジェン・サリクは答えることができなかった。その瞬間、ゴンドラにはげしい衝撃がはしり、全員が壁に投げだされたから。ティラン防護服のおかげでたいしたことにはならなかったが、数秒間、グレイの領主を見失った。なにが起きたのかわかったころには、すでにゴンドラは浮上し、ヴァジェンダに向かって数キロメートル進んでいた。

これで交渉の件は無用になった。

周囲で砲弾が爆発し、ゴンドラに深い傷を穿《うが》つ。その数秒間、わたしは奇妙なことを考えた。われわれがゴンドラをはなれれば、搭載ロボットが自動的に修理を進めるのではないだろうか。

最後まで考えることはできなかった。機体が地面に墜落したから。轟音が響き、金属のすれる甲高い音がして、ゴンドラ全体がきしんだ。

これで終わりだ、と、わたしは思った。ジャシェムがゴンドラにとどめを刺したのだ。わたしは機体の破片をはらいのけ、大きな亀裂まで飛翔した。そこから外が見える。ヴァジェンダまでわずか三キロメートルほどのところにいた。高さ千メートルはある垂直の岩壁が、目の前にそびえている。地上ヴァイタル・エネルギー貯蔵庫が近くに数基あるが、まだ金色のエネルギーの光をたたえているものは、ごくわずかだ。この数秒間に、それがはっきりとわかってきた。

あらゆる方向からグレイ作用が押しよせている。付近を動きまわる無数のグレイの影が見えたような気がした。影はほぼすべてをおおい、そのあいだを抜けてヴァジェンダに向かえる見込みはなかった。

戦闘グライダー二機がうなりをあげて通りすぎた。砲火がひらめき、直後に爆発音が聞こえた。

「状況はまったく改善されていませんね」サリクは動揺している。

「かれらの爆弾のおかげでヴァジェンダにすこしばかり近づけたのだ」わたしはいいかえした。「それでもまったくというのかね？」

　突然、しずかになった。

「どうしたのでしょう？」サリクがたずねる。

　ゴンドラの内部からドモ・ソクラトが飛翔してきた。

「戦闘がやんだ」と、驚いていう。

「それに、グレイ作用が後退してるよ」つむじ風がつけくわえる。

　奇妙なものが目についた。ゴンドラから二百メートルほどはなれたところに、防塁のようなものがあらわれたのだ。周囲を埋めつくすグレイ生物のごときグレイで、なかで生き物がうごめいているのが見える。影みたいなものが動きまわっているようだ。

「なにをするつもりなのでしょう？」サリクがたずねた。気づかぬうちに小声になっている。話を聞かれては困る者など、そばにいないというのに。

　わたしは、わがオービター、ドモ・ソクラトとの近さを、これまでにないほど強く感じていた。まるで、からだを密着させているかのようである。

　振りかえってソクラトを見ると、かれの中央の目が、陽光に照らされた琥珀のように光っていた。のこるふたつの目はハルト人の正常な目と同じく赤いまま。三つめの目の色が異なるのは、衝動洗濯のさいに受けた深淵作用のためだ。

ソクラトは、そのときのことを思いだしたのだろうか。それとも、われわれよりも強くグレイ作用を感じているのか？

「どうしたのだ、ドモ？」わたしはたずねた。

かれは数秒間、目を閉じてから、わたしを長々と見た。

「あの影のようには、なりたくないのだ」と、答えた。

なりたい者がいるだろうか？　われわれのなかには、いない。

8

われわれの準備はととのった。この停戦状態を利用して、ヴァジェンダに突入することにしたのだ。ジャシェム二名は操縦室をはなれた。いくつもの擬似肢に数十の武器を持っている。深紅の湖のクリオもホルトの聖櫃も、テングリ・レトス＝テラクドシャンも駆除部隊も、わたしが合図を出すのを待つばかりである。

そのとき、ドモ・ソクラトがにわかにうめき声をあげると同時に、なにかがわたしの心臓に穴を穿っているような気がした。ソクラトは苦しんでいる。わたしもからだに痛みを感じた。細胞活性装置がただちに反応し、インパルスの頻度をあげる。

「かれが、ふたたびきた」ソクラトが押し殺した声でいう。「われわれと話したがっている」

「だれがきたのだ？」わたしはたずねた。「だれのことをいっている？」

ソクラトはグレイ生物を指さした。

「グレイ領主だよ」と、つむじ風。「あそこに、またきてる。こっちに合図してる」

影のようなグレイ生物の列から、人影がひとつはなれた。明らかに周囲のすべてからきわだっている。輪郭があるようだ。

「近づいてくるよ」つむじ風がささやく。

先ほど着陸したさいに、合図をしてわれわれと話そうとしたグレイ領主その人である。ヒューマノイドで、グレイのフードつきマントをまとい、これまでに会った領主たちとはちがって、顔があった。大きな黒い目、ちいさな鼻、黒くて細い唇のある、グレイの楕円形が、はっきりと見える。

わたしはふと、けわしく切り立ったヴァジェンダの岩壁に目をやった。あまり遠くはなく、その手前に地上ヴァイタル・エネルギー貯蔵庫が一基ある。力強く光り、グレイ生物によって損なわれてはいないようすだ。それなのに、あのグレイ領主に対して効果を発揮していないのだろうか？

「かれ、われわれになんの用があるというのだ？」ドモ・ソクラトがたずねた。その声は怒りに震えている。わたしのそばを突っ切ってグレイ領主に襲いかかりかねない。阻止しようと、わたしは手をあげ、ソクラトを引きとめた。

「待て。かれがなにをいわんとしているのか、聞いてみたい」

グレイ領主との距離は、三十メートルほど。領主が丘にあがってきて、あと二十メートル弱になった。われわれはゴンドラをはなれ、地面に降りた。グレイの領主から十メートルほどまで近づく。

領主は両腕をあげた。

「聞くのだ」割れるようなだみ声でいう。「もう逃げるな」

「逃げる気なら、とっくにそうしていた」わたしは応じた。「それをとめることは、だれにもできない」

領主は返事をしなかった。その目がさらに暗くなったようだ。

「きみはだれだ？」わたしはたずねた。

「領主判事クラルト。グレイ議場に座する領主判事六名のひとりだ」

〈グレイ議場は領主たちの指揮中枢だ〉付帯脳がわたしに思いださせる。

クラルトは、ヴァイタル・エネルギーに抵抗できるのだ。それだけではなく、ムータンや最長老のような領主たちとは明らかにちがっている。かれが言葉を継いだとき、われわれは驚きながらそう感じた。洗練された好意的な態度だったから。冷静な思想家で、かならずしも敵ではないと思わせるものがあった。

「われわれになんの用だ？」わたしはたずねた。「なぜ、場所をあけてわれわれを通すよう、軍勢に命じない？」

黒い唇に、ほほえみに近いものを認めたような気がした。だが、勘ちがいだろう。

「わたしを敵だと思っているようだな。しかし、そうではない。同じく、きみたちはわたしの敵ではない」
「敵でなければ、なんだというのだ？」ジェン・サリクがたずねる。
「きみたちは、誤った道に引きこまれただけだ」
「ほう、そうなのか？」レトスが異議をはさむ。
領主判事クラルトは、われわれ深淵の騎士三人だけに話していた。視線やしぐさから
はっきりとわかる。ほかの者はいないも同然であった。
「誤った道に引きこまれた、か。おもしろい」わたしは応じた。「こちらの意見はちが
うといっても、きみは驚かないだろうな。それにわれわれ、考えを変えるつもりもな
い」
領主判事は、はねつけるようにふたたび両腕をあげた。
「そう熱くなるな。重要なのは、多くの誤解を解くこと。一足飛びにできることではな
い。わたしは、きみたち深淵の騎士と話し合いたいのだ」
「なにを話し合うことがある？」と、サリク。「むしろそちらは、われわれを引きとめ
ようとしているだけだろう。われわれがヴァジェンダに到着するのを阻止する気だ。そ
しておそらく、こうして話しているあいだに罠をしかけている」
「そうではない。わたしはただ、意味のない進撃をやめるよう、たのみたいだけだ」
「意味のない？」と、レトス。「聞きまちがいではないな？」

「聞きまちがいではない。これはほんとうに意味のない進撃だから」

「なぜそのようなことになるのだ？」わたしは問いつめた。

　領主判事がほほえんでいるのは、優越感ゆえだろうか？

「深淵の地はグレイになったも同然。この展開をとめることはできない」

「それは、もう何回も聞いてるよ」つむじ風が興奮して口をはさんだ。

「すでに、あともどりなど考えられぬ段階にいたっている」クラルトは動じることなくつづけた。「われわれ、感情は度外視して冷静に考えるよう、つとめるべきだ。そうすることによってのみ、前進できるというもの」

「ぼくたち、そんなことをするつもりなんて、ちっともないかもしれないよ！」アバカーが叫ぶ。もっと話したかったようだが、ハトル人のレトスがちいさく合図をして黙るようにうながした。ハトル人のオービターは、口をつぐんで一歩さがった。

「よく考えるのだ」クラルトが強くいった。「自分たちはまちがった側で戦っていると、いいかげんに認識するがいい」

「われわれはまちがった側で戦っている、か」わたしはくりかえした。

〈当然だな！〉付帯脳があざけった。〈グレイの領主判事になにを期待していた？　拍手喝采をしてもらえるとでも思ったか？〉

「それでは、われわれが正しい側についたとしよう」わたしはつづけた。「そちらを

〝グレイの側〟とする」

「そうだとも」クラルトが応じる。「それが正しい側であろうな」

領主判事は冷静沈着に話していた。愚弄の気配は感じられない。われわれが寝がえるよう、本心から説得しにきたのである。

「それではさらに、われわれが〝グレイの側〟についたとしよう。それでどうなる？」

領主判事クラルトの息がすこし荒くなったようだ。その目に満足感めいたものが浮かぶ。

「われわれの側につけば、深淵の騎士三名にグレイ議場の議席を用意する」

この申し出には驚かされた。サリクとレトスとわたしは目を見合わせた。領主判事クラルトは、これ以上ない提案をしている。

「断る」レトスが吐き捨てるように応じた。琥珀色の目のグリーンの点がこれまでになく強い光をはなち、目から飛びださんばかりになっている。「グレイ領主に協力するなど言語道断。それはそちらもわかっているはず」

領主判事クラルトは、われわれが拒絶すると予想していたのだろう。いくらか胸を張ると、表情をかたくした。目を細め、われわれを順番に見ていく。ひとりひとりを値ぶみするかのように。

「そのうちに考えが変わるだろう」勝利を確信して、そういった。強く割れるような声だ。「現実のヴァジェンダに到着すればすぐに、真実を認識することになるから」

「そんなことがあるものか」サリクがいいかえす。

「きみはヴァジェンダのことをなにも知らぬのだ！」領主判事が叫ぶ。「そして、時空エンジニアのことも、なにも知らぬ」

「知っている必要などない」サリクはうんざりした顔をした。指先でティランの左腕をなでる。そこに、はらい落とすべきなにかがあるかのように。

「きみたちは、わたしの言葉を思いだすことだろう。時空エンジニアがどれほど利己的で厚顔無恥なのか、身をもって経験すれば」

「ほう、そうなのか？」サリクの声から皮肉がにじむ。

「時空エンジニアはこれまで、すべての協力者を裏切ってきた」領主判事がいいはる。「ルラ・スサンをも裏切ったのだ。さて、きみたちは？　遅かれ早かれヴァジェンダの守護者と同じ目にあう。かれらはきみたちのことも裏切るだろう」

「そのような話でわれわれがヴァジェンダに行くのをとめられるものか」レトスがいつになく強硬にいった。これ以上の明確な拒否はありえないだろう。だが、領主判事は悠然としている。両腕をからだの横に伸ばし、おじぎをした。

「どうやら、わたしが防ごうとしたことを身をもって経験したいようだな。いいだろう。行かねばならぬと思うのなら、自分たちの道を行くがいい。じゃまだてはしない」

「ご親切なことだね」つむじ風がまぜっかえす。

「もう一度いっておく。時空エンジニアはきみたちを裏切るだろう。あの卓状地の上にあるのは約束の地ではないと、知ることになる」

「もうこれでおしまい？」つむじ風が小声で訊いた。

「それでは、また会おう」領主判事クラルトが最後にいった。「きみたちのことは、いつなりとよろこんでニー領に迎え入れる」

そういって、ふたたび順番にわれわれを見ると、背を向けて堂々と去っていく。考えこみながら、われわれは見送った。

＊

状況は変わっていない。

ゴンドラは残骸にすぎなかった。これ以上の飛行は不可能というもの。そのうえグレイ生物に包囲されている。だが、攻撃は停止していた。それでもヴァジェンダとわれわれとのあいだには、太いベルト状のグレイ領域が横たわっている。ヴァジェンダのある卓状地に行きたければ、そこを突っ切るしかない。

レトス＝テラクドシャンがこちらを見た。わたしの考えを察して、

「いや、突っ切るのは無理だ。つむじ風には過酷すぎるだろう。まずはグレイ領域を排

除しなければ」

アバカーはため息をついて地面にすわりこんだ。胸の前で腕を組み、後方の二本の脚でからだを支えている。

そうして目を閉じると、トランス状態にあるかのように集中した。プシオン力を総動員して、ヴァジェンダのようすを探っているのだ。全力を出す必要があるのだろう。だが突然、まっすぐに身を起こした。腕がだらりとさがる。

「どうしたのだ？」わたしは小声でレトスに訊いた。

レトスはこちらを向いたが、わたしのことは見えていないようだ。その目は奇妙に空虚だった。

「つむじ風を助けなければ」ごくゆっくりとレトスは答えた。「奇異な吸引力と戦っているようだ。意識が渦を巻いて連れ去られそうになっている。ひとりで抵抗するのは無理というもの。わたしの助けがいる。さもなくば破滅してしまうだろう」

ボンシンの頭ががくんと前に倒れ、顔がゆがむ。四本の腕すべてでからだを支えたが、その手は震えている。

わたしは卓状地に目をやった。グレイ作用が退却を余儀なくされていた。目に見えぬ力に屈して、風で吹き飛ばされる霧のように後退していく。

卓状地にいたる道が開けた。

つむじ風が身震いして立ちあがる。

「ふう」そううめいて、背中を思いきりかいた。「やられるかと思った」

「出発しよう」わたしはいって、右腕を高くあげた。卓状地へ向かうことを駆除者に知らせるために。

深淵警察はゴンドラの残骸をはなれ、われわれのほうに浮遊してくる。全員が武器を手にしていた。この平穏が信用できず、グレイ領主の軍勢がふたたび攻撃してくるのではと、恐れているのだ。

だが、領主判事クラルトに攻撃の意志はないらしい。われわれを卓状地まで通すと決めたようす。

地表十メートルほどの高度を前進した。つねに左右に目を配り、グレイ生物の攻撃にそなえる。だが、なにも起こらない。

ヴァジェンダにつづく垂直の岩壁の麓に到着。そこで数秒間、身をかたくする。奇妙な感覚がしのびよってきた。鏡のようになめらかな赤錆《あかさび》色の壁を上に向かえば、あらゆる防御力を奪われるような気がしたのだ。自由ヴァイタル・エネルギーからなる金色の霧が、千メートル上方の壁の縁《ふち》から湧きあがっている。

「なにをもたもたしているのです?」サリクがたずねた。「上に向かうのは、早ければ早いほどいいというものでしょう」

これがスタートの合図になり、五千名の駆除者が上に向かって飛翔した。レトスとボンシン、ドモ・ソクラト、ホルトの聖櫃、カグラマス・ヴロトとフォルデルグリン・カルトがあとにつづく。深紅の湖のクリオとサリクとわたしが、しんがりをつとめた。

わたしは領主判事クラルトの言葉を何度となく思いだした。時空エンジニアは、われわれを裏切るのだろうか。それともあのグレイ領主は、にせの情報でわれわれを翻弄《ほんろう》し、死の行軍に向かわせようとしているのか？

半分ほどのぼったところで、予想もしない方向から攻撃を受けた。赤錆色の垂直の壁から、なにか光るものがはなたれたのだ。それに気づき、振りかえると同時に上を見た。なにか目に見えぬものが衝突してきて、わたしは壁の反対方向にはじき飛ばされ、クリオにぶつかって巻き添えにしてしまった。かたわらではサリクが宙を舞っている。やがて、われわれがティランに救われたことが理解できた。クリオはわれわれのおかげで壁からはなれられたが、ほかの者はみな捕まっている。

フォーム・エネルギーでできた何千もの半球状フィールドが、垂直の壁の前に生じていた。すべての半球に仲間がひとりずつ入っている。駆除者が、ジャシェムが、つむじ風が、レトスが、ドモ・ソクラトが、ホルトの聖櫃が……全員、捕らえられていた。

「こんなことがあるものか」テラナーがうめく。

だれひとり、このような攻撃を予想していなかった。いま、サリクとクリオとわたしは壁の前に浮いている。なにができるのかわからぬまま。

わたしはドモ・ソクラトを見た。四つのこぶしで光る牢獄の壁をはげしく打っている。だが、どうにもならない。

「わたしたち、なにかをしなければ」クリオがいい、懇願するようにわたしを見た。

「とにかくきみは壁からはなれていろ」わたしは応じた。「ジェンとわたしはティランに守られているからなにごともないと思うが、きみは慎重にしなければ」

「ええ、もちろんそうね」クリオはため息をついた。「でもできれば壁に突進して、みんなを助けだしたい」

「そんなことをすれば、きみまでエネルギー檻《おり》に閉じこめられるぞ」サリクがいさめる。

わたしは閉じこめられた者のひとりと交信しようとした。だが、うまくいかない。身振りで意思疎通ができるのみで、なにもできないというしぐさばかりだ。

壁からさらに二十メートルほどはなれ、ゆっくりと上方に向かった。そのさい、エネルギー泡がまとまって六芒星《ろくぼうせい》をなしていることに気づく。

「星のように見えますね」その瞬間、サリクがいった。

エネルギー泡は一メートルずつはなれている。牽引ビームが駆除者やほかの者たちを引きよせ、壁沿いに等間隔にならべたにちがいない。星の上方の頂点は壁の上端にほぼ達し、星の下端は壁の高さのなかほどで終わっていた。

「星のまんなかに隙間がある」と、ジェン・サリク。

「なにか意味があるのかしら？」クリオがたずねた。

「見てみよう」わたしは応じた。「おそらくあそこから攻撃がはじまったのだろう」

星の中心に近づくと、金色に光る霧のような物体が目に入った。一駆除者が捕らえられているエネルギー泡の上を浮遊している。その深淵警察は腕を振りまわしていた。上から牢に入ってくるなにかから身を守っているのだ。細い棒のように見える。サリクとわたしはその近くへと飛翔した。

駆除者は必死に棒状の物体を横から殴ろうとしているが、できない。かれを捕らえているエネルギー泡がゆっくりと縮み、からだに密着する。しっかりとはさむと、動けないように固定した。われわれが慄然として見ているなか、棒状のエネルギー・フィールドがにわかに駆除者の喉に穴を穿つ。同時に、深淵警察のからだから命が抜けだしたように見えた。数秒が過ぎる。なにかがエネルギー棒の内部を滑り、駆除者の喉に押しこまれるさまがはっきりと見えた。そこで棒が引き抜かれ、エネルギー泡がふたたび膨張する。駆除者が弱々しく動いた。まだ生きてはいるが、はげしいショック状態にあるようだ。霧状物体は隣りのエネルギー泡へと移動した。そこに捕まっている駆除者も、なにが起きたのか見ていた。驚愕に麻痺して凍りついたようになる。次の犠牲者は自分だとわかっているのだ。手中の武器やとてつもない力をもってしても、どうにもならないことも理解していた。あの物体は、かれにもなにかを注入するだろう。そしてかれだけでなく……すべての者に！

わたしは吐き気をおぼえた。全員がこの霧の犠牲者になるのを、われわれは助けることもできずに見ているしかないとは。

サリクがブラスターで金色に光る物体を撃った。エネルギー・ビームはそれを素通りし、赤錆色の壁にはねかえされる。霧はまったく動じず、壁もみじんも変化せぬまま。

「それではどうにもなるまい」わたしはいった。

「なにかの間違いだ！」サリクが放心したように叫ぶ。

霧状物体が壁をはなれ、われわれのほうにやってきた。

「逃げろ、クリオ。早く！」わたしはどなった。

彼女は瞬時に反応し、壁から百メートルほどはなれた。サリクとわたしはその場にとどまる。防御バリアがあれば安全だと感じていたから。やがて霧につつまれる。手探りをしながらわたしの頭に押し入ろうとするなにかを感じた。だが、勘ちがいだろう。

「われわれにかまうな」サリクの大声が聞こえた。「友を解放しろ。ヴァジェンダに行かなければならないのだ。全員で！」

これで相手に圧力をかけられると、サリクは本気で考えているのだろうか。そもそも、あれに知性はあるのか？　われわれとコミュニケーションがとれるのか、それとも本能だけにしたがっている？

わたしは返答を待った。だが、なにも返ってこない。霧状物体は後退し、壁にもどっていった。同時にクリオがわれわれに近づいてくる。

「だめか」サリクは失望している。「反応しない。どうすればいいのだろう？」

「わたし、あるものを見たわ」玩具職人がいった。「もっと上に洞穴があるの。そこになにかがいると思う」

われわれは上昇した。霧はほうっておく。あれに対してなにかができるとは思えなかったから。友を助けたければ、べつの場所で手を打つべきだ。

「あそこよ！」クリオが叫ぶ。「ほんとうに洞穴だわ」

鏡のようになめらかな壁の上端から五十メートルほど下にくぼみがあった。なにかが猛烈な勢いで壁に激突し、めりこんだ跡のように見える。くぼみのなかに入ってみると、壁に五メートルほど貫入していた。

いちばん奥で星形のクリスタルがひとつ光っている。長径は一・五メートルほど。エネルギー泡が壁の前でつくっていた星に、外形は似ている。

「こんなふうに似ているということは」テラナーがいう。「壁の罠とこの物体とのあいだには、関係があるのだろう」

「でも、どのような？」クリオがたずねる。

わたしはクリスタルの表面をなでた。ちいさな刻み目を見つけ、おやと思い、そこを調べてみた。

「ここに隙間がある」わたしはいった。「クリスタルの奥まで達しているな。さらに奥で不規則なかたちにひろがっているようだ」

〈鍵穴みたいだな〉付帯脳がからかうように、〈気がつかなかったか？〉

「鍵が必要だ」わたしはいった。

「これが、鍵穴かなにかだということですか？」サリクがたずねた。

「わたしにやらせて」と、クリオ。わたしの横にくると同時に一本の触手をつくった。長さ一メートルほどで、先にいくほど細くなり、先端は髪の毛のようだ。

「なにをするつもりだ？」サリクがたずねる。

「クリスタルのなかがどうなっているのか、知りたいの」クリオはそう答えると、触手のごく細い先端を隙間にさし入れた。触手が先へ先へと探りながら、クリスタルの空洞を埋めていく。

「急いでくれ」わたしは強くいった。「一秒一秒が貴重だ。霧のことを思いだすのだ」

「もう終わるわ」クリオは応じた。「気をつけて」

彼女はクリスタルに押しこんだ触手の一部を硬化させたようだ。かちりと音がすると、にわかにクリスタルが回転。六つに分かれ、たがいにはなれていき、高さ三メートル、横幅二メートルほどの開口部ができる。やすやすと奥に入ることができた。

一本の通廊が半球状の空間に通じていた。青みがかった液体のなか、卵形の物体がひとつ浮遊している。そこから思考インパルスがはなたれていた。感じることはできるが、理解はできない。

ジェン・サリクがコンビ銃を手にし、卵に狙いをつけた。卵は白く、長径は一メートルほどである。

「きみを殺すのに、一秒たりとも躊躇《ちゅうちょ》はしない」サリクは宣言した。「われわれの友をただちに解放するよう、要求する」

〈それはできない〉言葉がわれわれのなかに、理解できるかたちで響きはじめた。〈わたしは何百年も前から、卵を産みつけられる生命体がくるのを待っていた。いま、なすべきことをしなければ、わたしの存在が消滅する。わたしはわが種族の最後の者。生きつづけ、子孫をのこすことは、神に対する義務なのだ。ひとりとして解放するわけにはいかない〉

「捕まえた者に卵を産みつけたの？」驚いてクリオがいう。

〈われらウサーフ種族は、存在をはじめてからずっとそうしてきた〉

「それももう終わりだ」サリクがいう。「きみを殺す」

〈わたしを殺しても、あなたの友はひとりも自由の身にはならない〉卵は応じた。〈わたしの使者である金の霧は、捕らえたすべての者に卵を産みつけるだろう。それが望みか？　ならば、殺すがいい。わたしの命はもう重要ではないから〉

「われわれの望みは友を解放することだ」わたしは告げた。「そのためにきみを殺すしかないのなら、そうする」

〈しかし、わたしを殺しても望みはかなわない。エネルギー・フィールドをつくりだしているマシンをとめられれば、話はべつだが〉

「そのマシンはどこにある？」わたしはたずねた。

〈山の地下深くにかくされている。テレキネシス能力のない者は、触れることができない〉

それが事実だと、わざわざ告げられるまでもなかった。卵形生物のいうとおりだと、思考から理解できたから。

〈これで終わりだな〉わが論理セクターが冷静に断言した。

その言葉につけくわえるべきことは、なにもなかった。

「どこかに突破口があるはず」クリオが必死にいう。「友が殺されるのを黙って見ているなんて、できないわ」

〈すでに卵が産みつけられた者をのぞいて、全員を解放しよう〉謎の生物が約束した。

「ひとりとして置き去りにはできない」わたしははねつけた。

〈ほかに選択肢はない。わたしの提案を受け入れるか、すべての友を失うかだ〉

「わたしには決められないし、決めるつもりもない」わたしは答えた。「駆除者数名にかかわること。答えるべきは大駆除者だ」

〈わかった〉卵は同意すると同時に、だれが大駆除者なのかわかると伝えてきた。かれの思考を読めるのである。

一分ほどして、大駆除者がエネルギー泡に入ったまま、空中を浮遊してきた。われわれの横にくると、エネルギー泡はかき消えた。

〈かれはすでに事情を理解している〉卵が伝えてくる。

「だれかを置き去りにするなど、同意するわけにはいかない」わたしは深淵警察のリーダーにいった。「どのような状況であろうと。のこされた者はゆっくりと死んでいき、残忍な最期を迎えるのだから」

「あなたはまちがっている」大駆除者は甲高い声で応じた。「わが部下四名はすでに死んだ。数分前に命を落としたのだ」

「それでも、置いていくことはできない」わたしはいった。

「ここにのこしていく」大駆除者が決めた。「そうするしかない」

わたしは抗議しようとしたが、大駆除者はそれを妨げるように手をあげた。

「われわれ、もう充分に時間を空費した。行動しなければ」

敗北感にさいなまれながら、われわれは洞穴をあとにした。開口部を通って外に出ると、何千という駆除者が飛翔してきた。かれらにつづき、レトスやつむじ風、ほかの者たちも。卵は約束を守ったのだ。

だが、ジェン・サリクとわたしはうまくいったとよろこぶことはできなかった。考えこみながら垂直の壁の上端に向かう。われわれはみな、ヴァジェンダに着きさえすれば問題は解決したようなものと思っていた。だが、そうではなかったのだ。

領主判事のいったことが頭からはなれない。この敗北は、ヴァジェンダへ向かう途上で起こる出来ごとの、不吉な予告となるのだろうか?

ガラスの迷宮

H・G・エーヴェルス

1

ギフィ・マローダーはうめきながら床の上を転がっていた。赤褐色の顔には金色のしみが光り、玉のような汗がびっしり浮かんでいる。

「モジャ！」女の声が響いた。「しっかりしなさい、モジャ！」

マローダーはなにもいわない。

スペクトルのあらゆる色に輝く恒星が、靄《もや》のかかったジャングルの梢の向こうから昇ってくる。すると、海岸に集落をつくっている、はじめは無色に見えた球形の家々が、シャボン玉のようにふわふわ漂いはじめた。マローダーはそれを黙ったまま見つめていた。

「なにもおぼえていないのですか？」せっぱつまった声が聞こえる。

「その声には聞きおぼえがあるぞ！」かれはささやいた。「あんた、いったいだれだっけ？」

セラン防護服のポジトロニクスがサイバー・ドクターに指示を出し、賦活剤と興奮剤をまぜた薬物をマローダーの血管に注射した。かれはすこし身じろぎして、ますます大きな声でうめいた。だが、それも長くはつづかない。

三十秒もすると、風呂の栓を抜いて水を流したみたいに、幻覚はきれいさっぱり消えた。

ギフィ・マローダーは深いため息をつき、震える手足をのばす。次の瞬間、頭がクリアになった。

勢いをつけて腹這いになると、両腕でからだを支え、頭をもたげる。まぶたをわずかにせばめて、金色の瞳をせわしなく動かした。もじゃもじゃの黒髪の上にグリーンの光が反射している。

「ここはいったいどこだ、ヒルダ？」かれは唖然としてつぶやいた。くすんだブルーの金属壁にかこまれている。床も同じ色の金属製だが、壁とも鈍く光る天井とも異なるのは、赤や黄色の円や半円の模様がいくつも描かれていること。

「その質問にはまだ答えられません、モジャ」セランのポジトロニクスが答えた。「本来ならば二百の太陽の星にいるはずですが、確言できないのです。わたしはその惑星を見たこともなければ、データも持ち合わせていないので」

「二百の太陽の星！」

マローダーはそうくりかえし、両手を突っ張って上半身を起こした。目を閉じてうめき声をあげる。

「ああ、ペルウェラ！」小声で女上司の名を呼ぶと、涙で目がうるんだ。「じつに情けない！　転送機で数百万光年を移動したあと、からだの分子構造が三回ぐるぐる自転したような気分だ」

「その表現は正確ではありません」ヒルダがきっぱりいう。「ですが、実際にあなたが孵化基地の宇宙巨人のもとから増強基地に送られ、そこから二百の太陽の星に転送されたのだとすれば、すくなくとも二十億光年を翔破したことになります」

「二十億光年！」マローダーは感嘆してくりかえすと、完全に起きあがった。「だんだん思いだしてきたぞ。わたしはエレメントの十戒の一拠点にいたんだった……孵化基地に。だけどたしか、ペリー・ローダンの乗っている巨大遠征船《バジス》にも行ったはず……」

額にしわをよせて考えこむ。

そこで突然、はっとしたように周囲に目をはしらせた。半メートルほどうしろに自分の道具袋を見つけて、安堵する。そのなかには、こまごました身のまわりの品が入っているのだ。

急いで近くまで歩みよると、かがみこんで袋を開けてなかに手を入れ、こぶし大の卵形物体をとりだした。表面がたえず虹のように多彩な色に変化するため、輪郭がすこしぼやけて見える。

マローダーはほっとして微笑した。だが、突然その指を震わせたと思うと、目を閉じてあえぎはじめた。だれかに容赦なく追跡されて、山こえ谷こえ数キロメートルも走りつづけたあとのように、はあはあいう。

「どうしました？」ヒルダがたずねた。

「怪物トロルめ、どこに行った？」マローダーは吐きだすようにいった。「秘密を守れといったのに、あいつはわたしを裏切ったんだ」

「だれの話ですか？　人物にせよ非人物にせよ、トロルという名の者に関する情報はありません」

マローダーはポジトロニクスの言葉を聞いていなかった。ふたたび気分が変化したとみえて、晴れ晴れした笑みを浮かべると、まるで信仰対象のように卵形物体を両手でつつみこみ、あらぬほうを見つめる。卵の表面では、色の戯《たわむ》れがますます顕著に、鮮やかになっていた。

「こんどはなんです、モジャ？」ポジトロニクスがあわてたように訊く。「そうとう精神がやられてしまったようですね。サイバー・ドクターに命じて集中治療させましょうか？　わたしみずからやりたいところですが、そのように踏みこんだ処置をとる場合、あなたの許可が必要になるので」

「そっとしておいてくれ」マローダーはおだやかに、だが、きっぱりと応じた。「二十億光年という空間を移動することが人間の精神にどう影響するか、きみには想像もつかないだろう。宇宙巨人のÜBSEF定数のなかにさえ、時間はシュプールをのこしたわけだが、それはおくとしても。わたしはまず、すべてを嚙みくだいて消化しなくちゃならないんだ……それまで、うるさく話しかけるのはやめろ」

卵形物体をもう一度ちらりと見ると、また袋のなかにもどし、

「シヴァアク！」と、うっとりつぶやいた。「なぜ、これにその名をつけたのか、思いだせればいいんだが。カタラクのメンバーだったシヴァウクとナウヴォアクに関係するのはかすかにおぼえているが、かれらとこの卵のつながりがわからない……実際つながりがあるのかどうかも。ヒルダ、いまなんとなく思いだしたが、ペリー・ローダンに会わせると、だれかがわたしに約束しなかったか？」

「スタリオン・ダヴです」

「スタリオン・ダヴ！」マローダーは叫び、とっさに立ちあがった。「オクストーン人！　そうだ、たしかにかれがわたしをローダンのところへ連れていくと約束したんだった」

ふたたび周囲を探るように見まわし、こんどは黒く変色した円錐形のソケットに目をとめた。それらが整然とならんだ場所に、どぎつい赤の円ができている。

「エネルギー・プロジェクターだ」と、ひとりごちた。「転送機の放射サークルか！　わたしはこれで実体にもどったんだな。だが、これは断じて十戒の基地にあるようなペド転送機じゃないぞ。ふつうの物質転送機だ。どうやら、やっぱりここは二百の太陽の星らしい」

視線が定まり、決然とした顔つきになる。マローダーはセランの装備をすべて点検したのち、コンビ銃をチェック。麻痺モードにすると、発射準備をととのえて両手で持ち、左の壁にある閉じたドアへと向かった。

三メートルまで近づいたとき、ドアが開いた。開口部の向こう側に、黒い衣服を身につけた姿がふたつ見えた。ヒューマノイドのようだが、マローダーより上背も横幅もある。頭部は前が開いたフードでおおわれ、顔は黒く光る金属マスクにかくれて見えない。明るいグレイの手袋をはめた把握器官には、下腕ほどの長さのパイプ状物体が握られていた。おそらく武器だろう。だが、それをマローダーに向けてはおらず、横にして持っている。

「やあ！　きみたち、ポスビかい？」

インターコスモで話しかけてみた。以前からポスビがこの銀河系内共通語を使っていることは知っていたし、いま自分がいるのは二百の太陽の星だろうと思ったから。ところが、マスク姿の二名は答えず、たがいになにやら話し合っているだけだ。知らない言語なので、まったく理解できない。

ここではじめて疑いが芽生えた。スタリオン・ダヴのいったとおりにことが運んだものと信じていたのだが。

「ヒルダ！」と、ささやく。「この言語を分析してトランスレーターに入力するんだ！」

「了解しました、モジャ」ポジトロニクスの返事だ。「ですが、異人たちにもっとたくさん話させないと、充分な判断材料が得られません」

「わかった！」マローダーはそう応じ、マスクの者二名に合図した。「こっちにきてくれ、友よ！　すこしおしゃべりしようぜ」

黒服姿の二名がほんとうに開口部を抜けて近づいてきた。と、その場にとどまり、武器を向けてくる。

「おい、なんのまねだ？」マローダーは大声を出し、ひそかに後悔した。異人たちの攻撃的態度に気づいたとき、すぐにパラライザーを使うべきだったと。

マスク男たちは活発に議論していたが、そのうちひとりが口を閉じ、もうひとりがマローダーの持っている道具袋をさししめした。誤解しようもない態度で、こちらにわたせというジェスチャーをする。

「とんでもない！」シヴァクがなかに入っていることを考えて、マローダーは冷や汗をかいた。「どこかに消えてしまえ！」

そういったのはたんに憂さ晴らししたかっただけで、この〝心からの祈り〟が聞きとどけられるとは、もちろんこれっぽっちも思っていなかった。だから、マスク男たちが即座に消えたときには息をのんだ。しかも、かれらは非常に奇妙な副次効果をのこしていったのである。

マローダーはわれに返ると、首を振った。

「テレポーターだったのか」と、ひとりごちる。「ただ、なんでわたしの言葉におとなしくしたがったのか、それが謎だ」しばらく首をかたむけたままでいたが、ポジトロニクスがなにもコメントしないので、訊いてみた。「あのふたり、テレポーテーションしたんだよな、ヒルダ？」

「答えられません」ポジトロニクスの返事だ。

「テレポーテーションしたかどうかくらい、プシオン・エネルギーの残留放射でわかるだろう！」

「セランのプシ・フィールド・デテクターが過負荷により焼き切れました。したがって、今後、プシオン性活動の計測は不可能です」ヒルダがマローダーの高飛車な言葉に答える。

「なんだって？」

　マローダーはうしろの外側ベルトに手をのばし、マグネット・ホルダーから手のひらほどの大きさの平たい箱形装置を引きぬいた。プシ・フィールド・デテクターだ。黒く焼《こ》け焦げて作動不能になった表示フィールドを見て、唖然とした。

「そんなばかな！　この装置は百テラプシオンまで計測できるんだぞ。百万人が一度にテレポーテーションしたってそんな数値にはならないはず」

「そのとおり」ヒルダが請け合う。

「そのとおり、かい！」マローダーはばかにして口まねした。「だったら、いったいぜんたいプシ・フィールド・デテクターがどうして焼き切れるんだよ？」

　そこで、はっとした。ちいさな笑い声が聞こえた気がしたのだ。見まわしてみたが、だれもいない……ポジトロニクスが笑ったわけはないから、たんなる思いこみだったのだろうか。

＊

「そろそろ人間世界にもどらないと！」マローダーは道具袋を肩にかつぐと、相《あ》いかわらず目の前にあるドア開口部から外に出た。

　そこには、やはりくすんだブルーの金属の回廊がのびていた。大型宇宙船の通廊にも見えるが、テラ船でないことはたしかだ。搬送ベルトがないから。

　ギフィ・マローダーはおちつかないようすで両肩をあげ、またおろした。

「ここはなにかおかしいぞ、ヒルダ」そういって、注意深くあたりを見わたす。

「疑わしい探知結果は出ていませんが、モジャ」と、ポジトロニクス。

「数値でわかるようなものじゃない」かれの言葉はひとり言に近かった。「おかしいというのは、むしろ雰囲気だな。憂鬱《ゆううつ》な気分になる」

「サイバー・ドクターに抗鬱剤を処方させましょうか。たぶん、宇宙巨人の悪夢のなかにいたときの後遺症がまだのこっているんでしょう」

　マローダーはかぶりを振って、歩きだそうとした。そのとき、床がはげしく振動し、バランスを失ってあやうく転倒しそうになる。足を大きく開いて踏ん張り、耳をすました。振動と同時に、くぐもったうなり声が聞こえてきたのだ。

「巨大エネルギー施設の放射を探知しました」ポジトロニクスが報告。「この下で、物質・反物質の反応プロセスが進行中です」

　マローダーはほっとした。

　かれにとり、大がかりなエネルギー反応プロセスというのは通常の出来ごとを意味する。思いだせるかぎりずっと、宇宙船や宇宙ステーションで暮らしてきたのだから。人工的な環境にいるのが、ある意味あたりまえなのだ。それでもなぜか、意識の奥底に一種の抵抗感が生じている。それがなにか説明はできないが。

いま、その抵抗感が強くなっていた。とはいえ、真剣に悩むほど強くはない。かれは意を決したように、使えなくなったプシ・フィールド・デテクターをホルダーにもどすと、道具袋を左肩にぶらさげ、その紐をセランのカラビナに結びつけた。こうすると両手があくので、コンビ銃が使いやすくなる。

足を踏みだした。五歩進んだところで床の振動がやみ、すぐに回廊の壁の数カ所でドアが開く。マローダーは用心深く壁に背中を押しつけ、息をひそめた。

すぐに、ドアからあやしげな者たちが数百名あらわれ、回廊に押しよせてきた。それぞれ外見は異なる。だれかひとりを呼びとめて情報を得たいとマローダーはじりじりしたが、マスク男二名が未知の言語を話していたことを思いだした。おまけに、ここの者たちは例外なく戦闘服を着用し、武装している。同じ出動部隊に属していて、ここから戦闘に送りだされるような感じだ。ゆえに、かれはためらった。

それでも、未知者をじっくり観察する。すくなくとも七種族が集まっているようだ。しかも、知性体らしい……ブラスターを装備しているから。この武器を使うのは知性体と相場が決まっている。だからといって、知性とともに理性も持ち合わせているとは、かならずしもいえないのだが。

未知者たちはこちらのことをまったくあやしんでいない。おそらく、自分たちとはべつの種族のメンバーで、すなわち自種族の友軍だと、だれもが思っているのだろう。

一行が走り去ると、マローダーは壁からはなれて先へ進み、考えこんだ。未知者たちが消えたあとではじめて気づいたことがある。すくなくとも七つの異なる種族から構成されていたというのに、あの集団にはいわくいいがたい共通性があった。

だが、その共通性がなんなのかは、いくら集中して考えてもわからない。また、それ以上考えつづけることも、すぐにできなくなった。

突然、未知の一生物がこちらに向かってきたのである。その外見はなんとも当惑させられるものだった。からだつきはヒューマノイドだが、頭部はテラのワシミミズクそのものだ。羽におおわれた頭の下には、毛の生えた黒くみじかい頸と、同じく毛の生えた黒く細い胴体がついている。人間のものとそっくりな腕二本と脚二本にも黒い毛が生えていた。

腰のあたりに太い編みこみベルトを巻いている。そこから吊り輪のようなものがふたつ両太股《ふともも》の上にのび、いちばん縁のところでパンツみたいな形状になっているのを見て、この相手は動物の類《たぐ》いではないとマローダーは思った。だが、ベルトの素材は上質の生地ではなく、粗末な黄色い麻布である。未知者が身につけているものはそれだけだった……けばけばしい赤の〝ハイヒール〟を履いているのをのぞけば。

その奇抜な格好に息をのんでいると、相手は二回くちばしを打ち合わせて鋭い音を出し、非の打ちどころのないインターコスモでこういった。

「わたしはラーチという。失礼だが、きみの名は？」

「ギフィ・マローダー」もとアストラル漁師は不意打ちされて、なにも考えないまま反射的に答えた。それに気づいて思わず咳ばらいする。だが、よく考えたらチャンスではないか。これを利用しない手はない。無愛想に接したりせず、情報を得るとしよう。

「どうしてきみはインターコスモを話すのかね？」

「きみのコンピュータが救世主となった。そこからデータを吸いあげたのだ」

「なんだって？」マローダーは当惑し、「たしかにヒルダはインターコスモに関する全データを持っている。だが、データを吸いあげるのとそれを完璧に活用できるのとは、べつの話だ」

「わたしが完璧に活用できていないといいたいんじゃないだろうね」

マローダーはかぶりを振った。

「いや、そうじゃないが……」そこで肩をすくめる。「ま、いいさ！　どうでもいいことで悩んだってしかたない。やっと意思疎通できる相手に会えてうれしいよ。ずっと疑問に思っていたことがあるんだ。きみなら答えられるだろう。ここはポスビが住む二百の太陽の星か？」

「ニー」ラーチの答えだ。

マローダーは額にしわをよせた。

「ニー？」わけもわからずくりかえす。「それはノーという意味か？　ここは二百の太陽の星なのか、イエスかノー、どっちだ？」

「ノー」と、ラーチ。「ここはニー、すなわち〝ニー領〟で……われわれがいまいるのは転送機ドームのひとつだ。深淵にはこうしたドームがいたるところにある」

「深淵？」マローダーはおうむがえしして、「ニー領？　どうやら、こんどは帰り道のわからない場所にきてしまったらしいな……すくなくとも、ペルウェラのところには帰れない」

奇妙な身なりの異人がなにかいうかと待ったが、黙ったままなので、こう訊いた。

「ニー領とはどんなところだ？　深淵とは？」

「ひと言では説明できない。それにしても、きみがなにも知らないことのほうが不思議だが」

「信じないのか？」

ラーチはくちばしをかちかち鳴らし、

「真実をいっているのはわかる、ギフィ・マローダー。きみの防護服のコンピュータがそう告げているから。だが、きみがどこからきたかに関する情報はコンピュータには入っていない」

「それならかんたんさ。わたしは孵化基地から増強基地に転送されたあと、そこから二百の太陽の星に送られることになっていたんだ。そのさい、なにかトラブルが生じたにちがいない」

「その事実はわかっている」と、ラーチ。「ただ、孵化基地とか増強基地とか二百の太陽の星とかいう領域が深淵にあるとは、聞いたことがない。もちろん自分の経験上にかぎった話とはいえ、深淵のことならすべて知っているつもりだったのだが」

「驚いたな！」マローダーは思わずいうと、「ヒルダ、この謎めいた〝深淵〟というのがなんなのか、見当つかないか？」

「つきません。そうした概念はこれまで聞いたことがないので」

かれは問うようにラーチを見た。

「どう考えたもんかね、友よ。それはそうと、わたしのことはモジャと呼んでくれ」

「わかった、モジャ。さて、わたしにもどう考えたものかわからない。コンピュータの情報を探っていなければ、申しわけなくもきみが嘘をついていると思うところだった。その説明だと、きみは〝外から〟きたことになってしまうから。だが、それはありえないのだ。もしそうだとすると、深淵税関吏のところに行って深淵リフトを使わないと深淵にこられないことを、きみのコンピュータが知っていたことになる」ラーチは黄色い目をしばたたき、「いや、それもやはりありえない。コンピュータをふくめ、私物を深淵に持ちこむことはだれにもできないのだから」

「外から？」マローダーは頭を悩ませた。「なぜか、自分はほんとうに外からここにきたという気がするぞ。あくまでそういう気がするだけだが。もっとひろい範囲を見わたしてみよう。ここは転送機ドームだといったな、ラーチ？」

「そうだ」

「よし。では、ここを出てぜひ周囲を見てみたい。どうか案内してもらえないだろうか？」

「いいとも」ラーチは快諾した。「ついてきてくれ。わたしのするとおりにするんだ。きみはここでの行動基準を知らないだろうから、場合によっては悲惨な結果になりかねない」

「そのとおりだな。きみのうしろにぴったりついていくよ」

ラーチが背を向けたので、マローダーは知らず知らず息を凝《こ》らして見てみた。だが想像とちがって、ラーチの背中には翼がなかった……翼のなごりみたいなものも、いっさいない。

そのかわり、麻布製のパンツの隙間から、片手をひろげたくらいの長さの尻尾が垂れさがっていた。先っぽについたライオンの尾のような房が、ラーチの足どりに合わせて揺れている。

「なんと不思議な生物だろう！」マローダーはつぶやき、かれのあとを追った。

しばらくすると、気づいたことがあった。ラーチの足もとに見えた赤いのはハイヒールではなかった。そもそも、靴でもない。足の一部だったのだ。それがしなやかにやわらかく動いている。人間の耳には足音がまったく聞こえない。

とはいえ、こうしたことをマローダーはうわの空で認識しただけだった。この奇妙な生物の外見よりも、いまから向かう場所のほうに興味津々《きょうみしんしん》だったから。〝深淵〟という言葉から想像できることはなにもなかったが。

ペルウェラにも教えてやりたいなあ！　なかばセンチメンタルに、なかば胸躍らせつつ、そう考える。だが、女上司のもとにすぐには帰れなくたってかまわない。あらたな冒険が待っていると思うと、わくわくするのだった。

2

深淵の地の中心にあるヴァジェンダ卓状地の麓《ふもと》を、ヴァイタル・エネルギー貯蔵庫がリング状にとりまいている。わたしはもう一度そちらに目をやったあと、着地体勢に入った。われわれをここに導いたホルトの聖櫃《せいひつ》が先に卓状地におりたのは、わかっていたから。

「アトラン！」

ティラン防護服のヘルメット・テレカムからクリオの声がする。こうべをめぐらせて肩ごしに見ると、女玩具職人はすぐ近くにいた。彼女もボンシンと同様、駆除部隊の防護服のレプリカを身につけている。したがって、ほんとうなら、わたしのあとから飛翔してくる五千名ほどの駆除者たちのなかで目立つはずはない。ところが、クリオは背丈のみならず横幅もあるため、どの深淵警察よりも大きさでまさっていた。

「どうした、クリオ？」わたしは応じたものの、速度は落とさなかった。領主判事クラルトが部隊を引き連れて、いまにもこちらを追ってくるかもしれない。

「わが騎士がいないの、アトラン」クリオは泣きそうになっている。「どこにも姿が見えない。通信で呼びかけても答えないし」

ジェン！　わたしの背筋に冷たいものがはしった。

自分もまた最後の瞬間にジェン・サリクを見失っていたことに気づく。かれは当然、わたしのすぐ背後にいるものと思っていたのだが。いま考えたら、わずかに遅れをとったのかもしれない。となると、気がはやった追跡者の命中ビームを受けてしまった恐れもある。いずれにせよ、ティランを通じてサリクの感覚振動をとらえることはまったくできなかった。

「通信、最高出力！」と、ティランに命じる。命令受領のしるしにグリーンのランプが点灯。わたしは声を張りあげた。「アトランからジェン！　応答せよ！」

反応がない！

〈探しに行くのだ！〉付帯脳が口をはさんだ。

まるで、わたしが自分でそう思いつかなかったみたいに！

制動をかけ、方向転換した。サリクは後方のどこか、駆除部隊の大群のなかにいるにちがいない……そもそも、まだ生きていればだが。われわれは深淵の地に到着して以来、あまりに幸運に恵まれすぎた。そのせいか、わたしはずっと無意識のうちに、いつか悲劇が起こると身がまえていたのだろう。サリクがいないとクリオが伝えてきたとき、それがはっきりわかった。

「聖櫃の近くに着地しろ！」と、仲間たちや大駆除者に指示する。「わたしとクリオは別行動をとる」

「どこへ行くのだ？」――ジャシェムの尊大な声が響いた。カグラマス・ヴロトだ。見まわすと、その姿があった。同胞フォルデルグリン・カルトとともに、テングリ・レトス＝テラクドシャンの近くにいる。ジャシェム二名はしばらく前から、テラ製セランに似た機能を持つ黒い防護服を着用している。

「ジェン・サリクを探しに」わたしは答えた。「きみたちは心配しなくていい」

「〝かれ〟は心配しない」ヴロトが応じる。

「〝かれ〟もだ」と、カルト。

わたしはこの返事を適当に聞き流した。自分自身をさすのにジャシェムが三人称を使うことは、もうちっとも奇異に感じなくなっている。テクノトールが〝アクティヴ体〟と呼ぶその姿をしょっちゅう変えることにも、とうに慣れた。かれらはいま、多少ともヒューマノイドに見えるかたちをとっている。

いつのまにか、クリオがすぐ右側にきていた。わたしがななめ下を指さすと、彼女も理解したようだ。駆除部隊の大群が見える。非常に密な梯形《ていけい》を組んでいて、われわれふたりが通りぬけられるような隙間は見あたらない。このままかれらの上を飛ぶか、あるいは突っ切って下に向かうしかなかった。上だと卓状地をはしまで見わたすことができないから、下へ抜けねばならない。

深淵警察のフォーメーションのなかにもぐりこむと、甲虫が皮膚を這うようなむずがゆさに襲われた。駆除者の感覚球体が働くさいに生じる特徴的反応だ。駆除者はその不思議な〝探知覚〟により、遠くのものでもほぼ五十メートルの範囲にあれば感じとることができる。かれらは詮索好きなのだ。

この感覚は不快でしかたない。その五十メートル範囲をこえてしまおうと、さらに降下した。

「わたしはお供しなくていいか？」ドモ・ソクラトの声がヘルメット・テレカムから聞こえる。

「大丈夫だ」と、応答した。「助けが必要になったら連絡する」

ほぼ一分後、わたしとクリオは白服の駆除部隊を抜けてその下を飛んでいた。ヴァジェンダ卓状地の周縁部がふたたび目の前に迫る。数秒後、周縁部の上空を飛翔し、垂直に切り立った鏡のように平滑な岩壁と、千メートル下にある平原を見おろしていた。平原は全方向に無限にのびているように見える。

ふと、左側方向にジャシェムのサイバーランドがあるはずだと思って目を向けた。だが、なにも見えない。とはいえ、ジャシェム帝国とヴァジェンダのあいだには二光月の距離があるのだから、あたりまえか。二光月！　銀河間宇宙航行の時代において、それはとくに驚く数字ではない。しかしよく考えてみたら、テラとソルでもわずか八・三二光分しかはなれていないのだ。二光月の一万分の一以下である。

わたしはこうした距離の比較について思いめぐらすのをやめ、卓状地の麓から十キロメートルはなれたところでリングを形成する、金色に輝くヴァイタル・エネルギー貯蔵庫の群れに目をとめた。その向こうにある平原は鈍いグレイの明るみにつつまれている。グレイ作用のメンタル性放射だ。思わず寒気《さむけ》を感じた。あそこでなにか動いているのがわかる。目で見えるというより、予感をおぼえるのだ……領主判事クラルトの大軍が準備をととのえた、と。もうすぐ、部隊はいっきに展開するだろう。

それまでにサリクを探しだし、安全を確保しなくては。

「ジェン！」クリオが通信で呼びかけているのが聞こえた。「ジェン、わが騎士！　どこにいるの？」

それは神への呼びかけにもひとしい声だった。わたしのほうもテラナーを見つけることはできない。見わたすかぎり、空中にも岩壁にもサリクの姿はなかった。岩壁はあまりにつるつるで、砂粒ひとつもくっついていないように見える。

あとは、平原か。

わたしはまっすぐ降下していった。領主判事クラルトの部隊はまだ、エネルギー貯蔵庫のリングと卓状地のあいだにあらわれていない。そこは目下、まったく生命の兆《きざ》しがないように見える。だが、以前は集落があったはずだ。かつての基礎石のなごりが見られる。とはいえ、これは上空から見たときしか判別できないだろう。草が生い茂って藪となり、おおいつくしているから。

クリオが追いついてきたと思うと、いささか派手に着地した。彼女の重みで灌木《かんぼく》が一本、なぎ倒される。

「けがはないか？」不安になって、訊いてみた。

「ええ」玩具職人は言葉すくなに答える。

〈彼女のふるまいはまともじゃないぞ〉付帯脳がつぶやいた。

わたしはその意見にくみしない。クリオの神経はいま、非常事態なのだ。ジェン・サリクを心配するあまり、ほかのことが考えられなくなっている。まともにふるまえなくてあたりまえではないか。反対に、もし彼女がふつうどおりに行動していたら、そのほうがおかしいと思っただろう。

わたし自身もまた、友が心配でたまらなかった。平原の二十メートルほど上空を飛びまわってみるが、やはり姿は見あたらない。サリクが敵の部隊によって完全に消されてしまったというのは、むろん理論的には可能な話だが、実際には考えられなかった。第一に、危機を察知すればティランの防御バリアが自動的に作動する。しかもほとんどの場合、発射前に照準装置が光った瞬間を危機発生フェーズと判断するため、たいていの攻撃は未然に防ぐことができるのだ。第二に、バリアがすべての武器に対処できるわけではないだろうが、もし完全に消されたのだとしても、なんらかの痕跡はのこるはず。たとえ肉眼では見えなくても、ティランのセンサーなら探知できる。

しかし、そうした気配もなかった。サリクは文字どおり、虚無に溶けてしまったかのようだ。

〈あるいは、遠くへ去ったか！〉と、論理セクターがコメント。

それもひとつの可能性ではある。ただ、なぜ去る必要があったのか？

わたしは、サイバーランドからここへくるのに使ったゴンドラの残骸に目をやった。われわれが降りたときの状態のまま、まだ機能するわずかなヴァイタル・エネルギー貯蔵庫のそばにある。

〈もしかしたら、ジェンはなにか忘れ物に気づいて、ゴンドラへとりにもどったのではないか〉付帯脳の推測だ。

ありそうもないとは思ったが、ゴンドラのほうへ飛翔してみた。どこを探しても見つからないのでそうしたにすぎず、唯一の可能性にしがみついただけだ。とはいえ、友がほんとうにゴンドラ内にいるとしても、ぶじな状態だとは夢にも思わない。もしそうなら、クリオとわたしの呼びかけに答えたはずだから。つまり、なにか不測の事態が起きたのはまちがいなかった。〈グレイ軍団が斥候を送りこみ、ジェンをどこかに拉致《らち》したのかもしれない！〉と、付帯脳。

わたしは目を細めて、まばゆく輝くヴァイタル・エネルギー貯蔵庫を見た。貯蔵庫からすくなくとも四キロメートルはなれた場所に、グレイ領主の部隊が待機している。〝立て銃《つつ》〟の姿勢ではあるが、それでも機動性は失っていない。グレイ軍団がいかにきびきび行動できるか、われわれはまさに身をもって思い知らされたもの。

ふたたび、ヴァイタル・エネルギー貯蔵庫のそばにある残骸に目をやった……というか、そうしようとした。ところが、そこにあるはずのゴンドラがない。わたしはあまりに動揺したため、その場所をまっすぐ通過してから、あわてて周囲を見まわした。ほかに気をとられていた数秒のあいだに消えてしまうなど、ありえないではないか。残骸とはいえ、ゴンドラは巨大だ。これほどわずかな時間でこっそり移動させることができるはずはなかった。

しかし、どこにも見あたらない！

「アトラ……！」と、ヘルメット・テレカムから聞こえたと思うと、ぷつんと途中で音声がとぎれた。

「クリオ？」わたしは叫んだ。あの低く震えるような声は、まちがいなく女玩具職人のものだ。

応答はない。振り向くと、クリオの姿も見えなくなっている。

それもそのはず、クリオが着地した場所じたい存在しないのだ。平原がまるごと消えていた。それだけではない。卓状地も、ヴァイタル・エネルギー貯蔵庫も、グレイ軍団も、もうどこにも見えなかった。

〈罠だ！〉論理セクターが結論を出す。

「着地！」わたしはティランに命じた。そのとき、自分の周囲にかすかなきらめきが生じたのが見えた。

疑いの余地はない。罠にはまったということ。サリクもどこかで同じ目にあったにちがいないというのは、たいした想像力がなくてもわかる。鉄が磁石にくっつくように、われわれ、危険に引きよせられてしまったのだ。

＊

「だれかいるのか？」声がヘルメット・テレカムからとどいたまさにそのとき、両足が地についた。それはヴァジェンダ卓状地の地面ではなく、ブルーにきらめくガラスに似た素材でできた床だった。

わたしは電撃に打たれたようにびくりとした。

　サリクの声にまちがいない。

「いるぞ！」と、応答する。「アトランだ！　どこにいる、ジェン？」

　周囲を見まわすが、友の姿はなかった。ガラスのきらめきがいっそう強くなる。目が痛い。

「わたしはここです！」テラナーの声だ。「目に見えない不透明な壁があって、そのあいだにいます。罠にちがいない。しかけた張本人はまだ姿を見せませんが」

「目に見えない壁だと？」わたしはくりかえして、その場でくるりと一回転した。ティランの探知表示に目を凝らしつつ、「われわれの目が、進化の過程で祖先が一度も出くわしたことのないものごとに関して経験不足だというのはよくわかる。だが、ティランの探知システムにそれは当てはまらないはず。だったら、なぜ該当する表示が出ないのだ？」

「わたしにいわれても困りますよ、アトラン」サリクが答えた。

　通常なら、ティランがこの通信シグナルを手がかりに、すぐサリクの位置を測定して結果をヘルメット内側のスクリーンにうつしだしているはず。ところが、このいまいましい罠のなかではまったくそうならないのだ。いったい、これはどういう類いの罠なのか？

〈むしろ、こう自問すべきだろう……だれがこの罠をしかけたのか？〉論理セクターが口をはさんだ。〈深淵の地ではこれまで、この手の罠を見かけなかった。グレイ領主たちのしわざとは考えられない。かれらにそうした手段があるなら、とっくに使っていたはず〉

たしかにそのとおりだ。だが、それ以上はわからない。

「制御機能がおかしい」サリクがひとり言のようにつぶやくのが聞こえた。

「きみのティランか？」と、訊いてみる。

「ええ。赤ランプが点灯しています。あなたは？」

「いや」自分の装置を一瞥《いちべつ》してから答えた。「こちらはグリーンだ。きみのほうで赤ランプが点灯したとすれば、ティランが作動停止したことになる。とはいえ、それはまず考えにくいな」

「だから、おかしいと思ったわけですよ」と、サリク。「しかし、どうもほんとうに作動停止したようです……コントロール・ランプ以外は。温度が上昇したのを感じるし、呼吸空気の二酸化炭素量も増加している。数値はわずかですが」

「なんと！　防御バリアは作動できるか？」

「すでにためしたのですが、だめでした」

わたしは必死で考えをめぐらせた。外側システムの表示を見ると、周囲の気温は摂氏二十四度。大気組成も深淵の地とまったく同じで、酸素呼吸するヒューマノイド生物がなんの障害もなく生活できるものだ。

〈個体バリアを張るのだ！〉付帯脳が強くすすめてくる。〈ここはエネルギー的に特殊な環境にある。ジェンと同様、おまえのティランもいずれ影響を受けてシステムがだめになるぞ〉

「わたしがあなたなら、個体バリアを張ります！」と、サリクもいってきた。

テラナーと付帯脳の意見が一致したわけだ。わたしは助言にしたがった。

「いわれたとおりにした」と、友に告げる。「ティランの状態はどうなっている？」

「悪化しています。まだそれほどひどくはありませんが」

わたしの耳はごまかせない。友の声には不安がにじみでていた。ティランの内部環境が急激に低下しているとしか考えられない。サリクは生命の危機にあるのだ。

「あまりひどくなるようなら、耐圧ヘルメットを開けろ！」と、伝えた。

〈そんなことをしたら、おしまいだぞ！〉付帯脳が割りこむ。

〈窒息するよりましだ！〉わたしはそう思考で返し、友にふたたびコンタクトする。

「だが、それはどうにも持ちこたえられなくなったときの話だ、ジェン」と、さっきの提案を修正した。「それはそうと、どうしてここにもどってきた？　きみはずっとわれわれとともに飛んでいたはず」

「ゴンドラの残骸のなかに忘れ物をしたのです」テラナーの返答だ。「でも、それがなんだったか思いだせない。あなたに殴られてもしかたありませんね、アルコン人」

「パラプシ性の影響を受けたのかもしれんな」わたしは考えを声に出した。「しかし、なぜよりによってきみが?」

サリクがなにかいったが、わたしは聞いていなかった。この瞬間、ティランのコントロール・ランプが点滅しはじめたのだ。個体バリアに守られていれば安心だと思っていたので、あわてふためいた。

「どうもヘルメットを開けるしかなさそうです」というのが、次に聞こえたサリクの声だった。

「そうしろ! わたしもどうやら、すぐきみにつづくことになりそうだ。くそ! せめて、たがいの姿が見えればいいのだが!」

わたしのいきり立ったようすがおかしいのか、テラナーはちいさく笑う。やがてテレカムから、ヘルメットを手で開く音が聞こえてきた。ティランのシステムが停止したため、自動では開かないのだ。一秒後、サリクが驚いて叫び声をあげ……次の瞬間、まったく音がしなくなった。

「ジェン!」わたしは不安のあまり、大声を出した。「ジェン、どうした?」

答えはない。テレカムを通じて呼吸音すら聞こえてこない。かれのヘルメット・テレカムが使えないから当然なのだが、それでもわたしは最悪の結果を恐れた。

どうすればいい？

飛翔装置を作動するよう、ティランに思考命令を送った。ところが、足首のふくらみに装備された装置が反応しない。個体バリアがはげしく明滅したのち、崩壊した。コントロール・ランプは黄色だったが、わずかに赤みがかってくる。わたしもまもなく、サリクと同じ運命をたどるのだろう。

ところが、またもや思っていたのとちがう経過となる。

突然、周囲が真っ暗になったのだ。わたしは頭を金属棒で一撃されたような衝撃を受け、その場に倒れた。とはいえ、意識を失うことはない。反対に、これまで経験のないほどクリアな状態で、周囲で起きることすべてを認識していた。

台座の上に置かれた、輝く金属製の担架《たんか》に似たものに横たわっている。その台座があるドーム形ホールは、目にうつるかぎりは無人だが、意識で見れば、ありとあらゆる生命体がうごめいているのがわかる。心の目で見ているということ。いずれの生命体も未知なのに、なじみある存在のように思えた。同じ姿かたちの者はまったくいない。共通点はただひとつ……全員、信じがたいほど平和的なオーラを発しているのだ。だれもが博愛精神にあふれ、大いなる期待に満ち満ちている。

どれくらいのあいだ、そこに横たわっていただろう。気がつくと、わたしは強い風に吹きさらされていた。未知者たちのほうへ手をのばそうとするが、からだの制御がきかない。

しばらくすると、額に手が置かれたのを感じた。琥珀色の目を持つ面長《おもなが》の顔が、こちらを見おろしている。

〈すべて大丈夫だ、アトラン！〉レトス＝テラクドシャンのメンタル・メッセージが伝わってきた。〈ジェンのことは心配いらない〉

ほっと息をついた。レトスが大丈夫というなら、ほんとうに大丈夫なのだ。わたしは安心して、無意識の闇がやさしく腕をひろげてくるのに身をまかせた……

3

ギフィ・マローダーはしだいにいらだちはじめた。

ラーチが消えてから、すでに半時間はたつ。あのおかしな生物、すぐにもどってくるから動かずに待っていろといったきり、姿を見せないのだ。

「かれがどこに行ったか、ほんとうにぴんとこないのか、ヒルダ?」と、セランのポジトロニクスに訊いてみる。

「その表現はやはりまちがっています」ヒルダが不機嫌に応じた。「〝ぴんと〟はポジトロニクスにとり、きたりこなかったりするものではありません。ラーチの所在に関する手がかりはないのか、という意味ならわかりますが。そんなことより、あのさいころから目をはなさないほうがいいですよ。なかで、なにかよくわからないことが進行しています……ラーチがいなくなってからずっと」

もとアストラル漁師は、いぶかしげに〝さいころ〟を見た。ラーチが案内してくれたこの小部屋に、ブルーに輝く金属製の立方体がひとつ置かれているのだ。一辺の長さは四メートルほど。あくまで理論上だが、あのなかに奇妙な異人がいることも考えられる。ただ、どうやって入ったのかはまったくわからない。

そこであることに思いいたった。

「だいたい、ラーチは最初、どこからやってきたんだろう？」と、ポジトロニクスに質問。

「それに関しては情報がありません、モジャ」ヒルダの答えだ。

「つまり？」マローダーは、さいころ内部で明るい影のようなものが動きまわるのを魅せられたように見つめながら、重ねて訊く。

「ラーチがどこからきたのか不明という意味です」と、ヒルダ。「セランのセンサー反応に遅延が生じたのではないでしょうか。かれが目の前にあらわれてからようやく表示が出たので」

「そんなこと、ありえないぜ」マローダーは応じた。「セランのセンサー反応が遅れるはずはないんだ。その前提で考えろ、ヒルダ！」

「その前提では考えられません。ただ、ラーチがパラプシ能力を使ったと仮定することはできます」

「ふむ！　テレポーテーションか？」

「そのようなものです」

「そのようなもの、だと！」マローダーはばかにしたようにくりかえし、「きみは近ごろ、へなちょこな答えばかりよこしてるな！」

「〝へなちょこ〟の語源を説明してください！」

マローダーは困った顔で笑った。説明なんてできるわけがない。ペルウェラ・グローヴ・ゴールの受け売りなんだから。女上司はなにかに怒りをぶつけたいとき、よく〝へなちょこ〟という言葉を使ったもの。しかし、その語源がなにかなど一度も考えたことはなかった。

次の瞬間、かれの困惑は吹き飛んだ。金属さいころがものすごくまばゆい光を発したのだ。眩惑されてよろめき、セランの胸にある操作盤をこぶしでたたく。そこに耐圧ヘルメットの緊急作動スイッチがあるので。

即座にヘルメットが閉じ、遮光機能がフル作動する。おかげでこれ以上、目がくらむことはない。

ところが、さいころのようすが見えなくなった。最初は眩惑作用の後遺症だろうと納得しかけたが、そればかりではないとわかる。しばらくして気がつくと、さいころの色が変化していた。小部屋の壁と同じブルーグレイになったせいで、まったく目立たないのだ。

「かれがもどってきました、モジャ」ヒルダがいう。

「なんだって？　どこに？」

ヒルダの答えを聞くより前に、急いで振り向く。そこにラーチが横たわっていた。小部屋の閉じたドアの前にいる。しかし、手足を投げだしたまま動かない。意識がないようだ。

マローダーは本能的にそちらへ駆けよると、膝をついてラーチの左手首に触れた。脈をはかろうとしたのだが、できなかった。電撃を受けたような衝撃に見舞われたのだ。吹っ飛ばされて、背中を金属さいころにひどくぶつけてしまう。

「死んだのですか、モジャ？」と、ヒルダが訊いてきた。

「ぼけなす！」マローダーは虫の息で答えた。これの語源も説明できない。ほかのもろもろと同じく、女上司のいいまわしを深く考えずにまねしただけだから。「くそ、ばちばち音がしたぞ。あいつ、ほんとうに電気を帯びてる！」

左の肩甲骨が痛い。うめきながら、そこを左手でなでた。手が道具袋に触れたとき、痛みの原因に思いあたる。激突したさい、中身の詰まったこの袋がさいころと肩甲骨のあいだにはさまったのだ。思わず驚愕した。

〝シヴァ〟が壊れていたらどうしよう……！

あわててカラビナから紐をはずすと、袋の口を開けてなかに手を突っこみ、こぶし大の卵形物体をふたたびとりだした。

ためつすがめつ見まわすが、どこも異状なさそうだ。

もとアストラル漁師はそこで、はっとした。

「シヴァ？」と、つぶやく。「なんだって、そんな名を？　わたしがこれにつけた名前はシヴォアクだが」

「シヴァのほうがいい響きですね」ポジトロニクスが口を出す。

「たしかに」マローダーも賛同した。「きみもばかじゃないな、ヒルダ。だが、とくに賢くもない。賢ければ、わたしがなぜそんな名を使ったのかわかるはずだ。聞いたことのない名前だぞ」

だれかがうなり声をあげた。ラーチにきまっている。その声が、こう質問した。

「それはなんだ？」

見あげると、かれがこちらに近よってきていた。膝をつき、目をぎらぎらさせて卵形物体を見つめている。

「シヴォアクだ。シヴァともいうが」マローダーは答えて、卵をまた袋にもどそうとした。

「待ってくれ！」ラーチが叫んで立ちあがる。卵から目をはなすことなく、マローダーのほうにゆっくり歩いてきた。「きみはそれに神なる存在の名を授けたのだな。いったいどこで手に入れた？」

「見つけてひろったのさ」マローダーはそういうと、「これに触れたりしたら、あんたの指に火をつけるぞ！」

そう脅されても相手は意に介さず、手をのばしてくる。まるで、自分にとってこの卵形物体のほかにはなにも宇宙に存在しないと思っているかのように。

マローダーは外側ベルトに結びつけてあるザイルをほどき、長さ一メートルほどの棒を持つと、ほんとうにラーチにお見舞いしようかと、ためらいながらしばし考えた。この棒を手の上で動かすと、焼けるような痛みがはしるのだ。〝火をつける〟といったのはそういう意味だった。

〈わたしがやります、ご主人！〉だれかの声がした。

次の瞬間、ラーチは悲鳴をあげて両手を引っこめた。指先が燃えている。そこにほぼ透明のちいさな炎が踊っているのを、マローダーはびっくりして見つめた。ラーチが手をぶんぶん振ると、炎は消えた。

「わたしがやったんじゃないぞ」マローダーはきっぱりいって、棒についた紐をまとめなおした。「きちんと武器をかまえることさえしていないんだから」

ラーチは数回くちばしを鳴らしただけでなにもいわず、痛む指をわきの下にさしこんでいる。

マローダーは卵をまた袋に押しこんだ。そこではっとなり、あたりを探るように見ま

わすと、

「さっき、だれかがなにかいった」と、額にしわをよせた。「きみか、ヒルダ？」

「まったくあなたは、いつになったらまともな表現をするんです？」ポジトロニクスが非難する。「ここにいるだれもが、さっきなにかいったではないですか。全員がそれぞれ、ちがうことを。わたしの言葉かどうかを確認したいのなら、内容をはっきりさせてください」

「いちいち細かいことというな！」マローダーは不平をもらしたものの、たしかにヒルダのいうとおりだ。「わたしがやります、ご主人……」と、さっきの言葉を引用してから、くりかえして強調する。「〝ご主人〟だとさ！　これまでわたしにそんな敬称を使ったことはないよな、ヒルダ。でも、きみがいったとしか考えられない」

「がっかりさせて申しわけないですが、わたしではありません、モジャ。あなたを〝ご主人〟と呼ぶことなどけっしてないので」

「そりゃそうだろうよ！」マローダーはいきり立った。「きみはわたしの従者じゃなく、ペルウェラのスパイ装置だから。わたしが母船をはなれているあいだの言動を逐一、彼女に密告する気だろう」

「わたしはあなたのパートナーです」ヒルダが訂正する。「あなたを監視するよう、ペルウェラ・グローヴ・ゴールに命じられたのはたしかですが、スパイというより守護天使のようなもの」

マローダーは盛大に手を振って否定した。それからはっとして、

「ばかだな！　だれが話しかけてきたのか解明するのも忘れて、どうでもいい話できみと議論するなんて。くそ、もう一度たしかめるぞ！　わたしがラーチの指に火をつけるといって脅し……そのあとすぐ、だれかが〝わたしがやります、ご主人！〟といった。ラーチが自分でいうはずはない。そこまで狂ってないだろう。わたしがいったのでもない。とすると、あとはきみだけだ。ほかにはだれもいないんだから」

「あるいは、だれもいわなかったか」と、ヒルダ。

「わたしもなにも聞こえなかった」ラーチが賛同する。

マローダーはワシミミズクの目をのぞきこみ、

「わたしがでたらめをいってると思ってるな」と、不機嫌にいった。

「そうは思っていない。わたしの指を燃やしたのがきみでないことはわかっている」ラーチは手をわきの下からはずし、顔の前に近づけてしげしげと見る。「水ぶくれひとつできていない」そう確認すると、マローダーの道具袋に目を向けて、悲しげに訊いた。

「シヴァはまたもとの場所にもどったのか。なぜだろう？」

マローダーは態度を軟化させ、

「もう一度とりだそうか」と、いう。

「いやいや！」ラーチは叫び、両手をうしろにかくした。「いまはやめてくれ、後生だから！　たぶん、シヴァはまだお怒りだ」

　マローダーは笑い飛ばした。

「あほらしい。本来のテーマから気をそらそうというんだな？　つまり、問題はきみの指に火をつけたのがだれかってことじゃなく、きみがどこへなにをしにいっていたかなんだよ」

「調査に出かけていた。そのさい、きわめて不思議なことに遭遇してね」と、ラーチ。「ハープーン一族に特有のセクスタディィム成分をふくむDNA分子を探知したのだ。だが、ハープーン一族はとうに死に絶えている。なにかのまちがいかもしれないと思い、さらに調査を進めようとしたところ、あることが起こり、残念ながら中断させられてしまった」かれは冠毛を逆立てて、「それは、ハープーン一族の末裔《まつえい》がいまも存在するかもしれない以上に不思議な出来ごとだったのだが」

「で？」マローダーはラーチをうながしたものの、いまの話はなにひとつ理解できなかった。セクスタディィム成分をふくむDNA分子だの、ハープーン一族だの、これまでに聞いたことがない。「なにがそんなに不思議なんだ？」

「〝ディドル＝サンスカリの精神剣〟によって、コンタクトが断たれたのだ」ラーチはつぶやいたが、ひどく震えながらいいなおした。「いや、とにかくわたしはそう感じた。

しかし、思いちがいだろう。サンスカリのヴァリエーションをたったひとつでも使える者がこの宇宙にいるわけがない……〝大いなる者たち〟をのぞいて。だが、かれらが個人的に下位平面へやってくることはないはず」

「サンスカリ?」マローダーは考えこんだ。「妙だな。どこかで聞いたような気がするぞ。どういう関連の言葉だかはわからないが、夢でみたのかな。ヒルダ、きみにはわかるか?」

「情報がありません」ポジトロニクスが答える。「しかし、めずらしい話ではないですね。あなたはこれまで何度か、わたしの知らない、自分でもなんのことかわからない情報を思いだしたでしょう。わたしはずっとあなたのパートナーだったわけではありませんから」

「そして、わたしの記憶には欠落部分があるわけか……」マローダーは口ごもり、遠くを見る目つきになった。「なにか重要なものが欠けているにちがいないぞ。だが、思いだせない」

「モジャ、せかして申しわけないが、もう行かないと」ラーチがいう。「つまり、わたしがということだ。きみはここにいてもかまわない。とはいえ、それは賢明でないと思うが」

「わたしもそう思う」マローダーはうなずいて、「ただ、いまのところ、きみの助けはあまり役にたっていないがね。そもそも、どこへ行くつもりなんだ？」

「セクスタディム成分をふくむＤＮＡ分子を探知した場所だ。その持ち主にどうしても会いたい。深淵と創造の山と〝トリイクル９〟をめぐる壮大な関連性について、なにか聞けると思うから」

ラーチはもう一度マローダーの道具袋をちらりと見てから、向きを変えて小部屋を出ていった。

もとアストラル漁師はため息をつく。やれやれ、わからないことだらけだ。あきらめのしぐさをすると、奇妙な生物のあとを追うことにした。

「深淵に、創造の山に、トリイクル９！」と、つぶやく。小部屋を出てラーチのあとにつづき、くだりになっている回廊を進みながら、「だいたい、わたしは二百の太陽の星で、ささやかでもペリー・ローダンの役にたちたいと思っていたんだ。なのにいま、知らない言葉だらけで頭が爆発しそうになりながら、尻尾のあるワシミミズク人間についていってるとはね」

4

ふたたび目をさましたとき、わたしはすべておぼえていた。ジェン・サリクを探した結果どうなったのかも、テングリ・レトス＝テラクドシャンが〝ジェンのことは心配いらない〟といったことも。それでも、また力をとりもどしたと思えるいま、この目でたしかめたかった。

立ちあがってみる。

レトス＝テラクドシャンがこちらを見つめていた。たてがみのような銀髪が風になびいている。サリクはかれの腕に支えられ、上体を軽く起こした姿勢になっていた。意識を失っているわけではなく、すこぶる元気そうだ。秘密を共有した者どうしのように目配せしている。わたしは安堵の息をつくと、クリオを探して周囲を見まわした。

「ハルト人が連れてくるだろう」レトスが告げた。「この干渉によっていちばん痛めつけられたのは彼女ではないかと心配している。グレイ作用に対する免疫も阻害されたかもしれないと、ソクラテスがいっていた。ハルト人はむろん、それをメリットだと考えているがね。そんなはずはないのだが」

「絶対にないな」わたしも賛同する。「それより〝干渉〟とはなんのことだ、テングリ？」

「じつにわかりやすい話ですよ、アトラン」サリクがレトスにかわって答える。「何者かがわたしの意識内容を探りだそうとしたんです」

「それほど単純な話ではないぞ」レトスはおだやかに訂正した。「基本的にはジェンのいったとおりだが、そんなふうに考えるとわれわれのミッションが複雑になるかもしれない。要するに、だれかがジェンに狙いを定めて、六次元性の擬装成分をふくむ罠におびきよせたのだ。問題は、その仕掛け人がどういう基準でジェンを選んだのかということ」

「深淵の騎士だからだろう」わたしは思わずいっていた。

「かれだけが騎士ではない」と、レトスが反論。「きみもそうだし、わたしもある意味では深淵の騎士といえる」

「わたしは期限つきの騎士だ。それに、きみは本来ならケスドシャン・ドームと監視騎士団の守護者なのだから、われわれとは立場がちがう」わたしは声に出して考えてみた。「ジェンはケスドシャン・ドームでプシオンによる任命式を受ける前から騎士の資格を持っていた。そこがわれわれとの相違だ」

〈かれのなかには、かつての一騎士のÜBSEF定数が具象化している!〉と、付帯脳が知らせてきた。

レトスが独特の顔つきをする。わたしと似たような考えにいたったのだろう。

「ジェンがわれわれとちがうのは、ハーデン・クーナーの持っていた騎士の知識をとりこんでいること。それが、罠の仕掛け人がとくにかれを選んだ理由かもしれないな」と、レトス。「とはいえ、たしかな手がかりなしに推測したところで意味はない。それよりも重視すべきは、仕掛け人が〝クリソプテラ〟を使ったという事実だ。これははるか昔にわが種族のコンタクト手段専門家たちが開発・実用化した方法で、上位次元の分子洗浄とでもいえばいいか……この説明でもはっきりわからず、かえって混乱するばかりだろうが」

「クリソプテラ」わたしはくりかえし、「はじめて聞く言葉だ。きみの勘ちがいではないのか?」

「それはない」レトスが答える。「むろん、理屈からいえばありうるかもしれないが、クリソプテラが使われたことを証明する手段がある。〝ディドル＝サンスカリの精神剣〟と呼ばれるものだ。クリソプテラを断ち切るには、この手段を用いて一方的に介入するしかない。それをわたしはやったのだ」

わたしは震撼《しんかん》した。レトスの説明から、必然的にいくつかのことが明らかになる。ハトルル人という太古の種族に属する者が、レトス以外にも存在するかもしれない……すくなくとも、そのひとりは深淵にいるのだ。

「きみの同胞が深淵の地にいるかもしれないのだな、テングリ？」と、たずねる。

「わたしもそれを考えてみた」レトスの答えだ。「だが、可能性は低いと思う。もしそうなら、深淵に行けという任務を告げるさいにカルフェシュが知らせていたはず」

「たしかだろうか？」

「かなりね」

その答えで満足するしかない。さしせまった問題がほかにあるのだから。

「気分はどうだ？」と、サリクに訊いてみた。「きみも意識をなくしていたのか？」

「ええ」テラナーが答える。「でも、もうすっかり回復して、出発できますよ。テングリが奇蹟を起こしてくれましたから」

レトスに支えられて、サリクはからだを起こした。見ると、ハトル人の半有機コンビネーションがほどけてサリクの上半身を一部おおっている。この〝コンタクト〟がとぎれるとすぐに繊維がまた紡《つむ》がれ、コンビネーションはひとりでに閉じた。

わたしの問うような目を見てレトスが、

「ジェンはかなり強いショックを受けたため、すこしのあいだ瀕死状態だったのだ。だが、わがコンビネーションとコンタクトしたおかげで完璧に回復した」

わたしはうなずいた。レトスの琥珀色の合成コンビネーション、すなわちそこに織り込まれた銀色の繊維は、半有機性物質からできている。ある意味、生きているのだ。着用者に対して、細胞活性装置に似た……それよりもっと完全無欠な……作用をおよぼしたり、肉体的エネルギーを賦活して体力・持続力を数倍アップさせたりする。これによって再生し、ふたたび動けるようになるのは、当然だという気がした。

「わたしの細胞活性装置を貸してもよかった」と、いってみる。「まさにそうした目的のためにあるのだから。ジェン自身の活性装置と相いまって、同様の効果をもたらしたはず」

「そうしたら、きみが死んでいただろう」レトスが真剣な顔をした。「きみもまた、ショックで完全に放心状態だったのだ。脳の活動が測定できなかったほど。だが不思議なことに、そんな状態でもほほえんでいたがね」

「ほほえんで？」わたしは啞然としてくりかえす。その瞬間、心がふたたび記憶をたどりはじめた。

巨大なドーム形ホールで、台座の上に置かれた、輝く金属製の担架に横たわっていたことを思いだす。意識のなかに、無数の奇妙な生物があらわれたのだった。いずれも、わたしがそれまでに経験したことのなかったほど平和的で、博愛精神と希望にあふれていた……

「死者の思考や感情が漂っているあの世というものがあるなら、わたしはそこへ行ってきたのだろう」押しよせる記憶に圧倒されつつ、つぶやいた。

レトス＝テラクドシャンの表情を見ると、しだいに内に閉じこもっていくのがわかった。そのプロジェクション体のなかに存在するふたつの意識は、わたしが想像するよりはるかに多くの経験を積んできたにちがいない。数えきれないほどの長き世代にわたり、知性体諸種族が解明しようとしてできなかった数々の秘密についても、おそらくいくつかは知っているだろう。それを明らかにしたくないと、かれが思うからには、納得のいく理由があるのだ。ひょっとしたら、アルコン人やテラナーのように進化の歴史において比較的まだ若い種族の脳は、絶対的真実には耐えられないのかもしれない。

そんなことで頭を悩ませたところで、意味はない……それにこのとき、そのひまもなかっただろう。というのも、わたしがあれこれ考えていると、サリクが勢いよく立ちあがったのだ。わたしの背後を指さして、こう叫んだ。

「逃げないと！　ヴァイタル・エネルギー貯蔵庫がもう光っていません。グレイになっている……ほかの貯蔵庫も同じです。これまで機能していたのですが」

レトスとわたしも跳びあがる。わたしは振り向き……それを見た。

以前はわれわれのゴンドラの残骸近くでまばゆく輝いていたヴァイタル・エネルギー貯蔵庫が、色あせている……それまで機能していたほかの貯蔵庫もとうに明るさを失い、すでにグレイになっていた。

それだけではない。

グレイ軍団が集結した場所に動きが生じていた。詳細はよく見えないが、グレイの大波がうねるようにゆっくりと、だが仮借なく近づいてくる。領主判事クラルトの大軍が進軍をはじめたのだ。いったん勢いづいたなら、平地のいたるところを埋めつくすだろう……それまでに卓状地へと逃げなければ、われわれも巻き添えになる。

「もうここに用はない」と、レトス。わたしとサリクも同じことを思っていた。「出発だ」

＊

ヴァジェンダ卓状地の周縁部では五千名ほどの駆除者が位置についていた。状況の許すかぎり、精力的に防衛につとめている。

卓状地を構成する赤錆《あかさび》色の物質は、分析するのも破壊するのも不可能だ。思うに、一種のフォーム・エネルギーだろう。非常に活性が強いため、損傷してもたちまち〝アイロンでのばされた〟ようになる。堡塁《ほう》を築くのに溝や地下壕を掘ることはできないし、同様の防衛手段や掩体《えんたい》をもとめてもだめだ。駆除者たちは装備品をよぶんに持ちだしたり、ゴンドラの残骸を解体したりして、手作業で防壁をつくっている。あれでは、小型ブラスターの攻撃でさえ数分以上は持ちこたえられまい。

「意味ないな。あのやり方ではむだに戦力を費《つい》やすだけだ」わたしはヘルメット・テレカムを近距離通信に切り替えてレトスとサリクに告げた。卓状地の大部分をおおって金色に輝く〝霧の鐘〟をさししめし、「あのなかにもぐりこむしかない。それが可能ならば」

「可能なはず」レトスが応じる。「ソクラテスがいうには、あの鐘状ドームは自由ヴァイタル・エネルギーでできている。深淵作用とグレイ生物だけが通過できないらしい。だが、いま突進するのはすすめられない。あのなかでn次元性の爆発が起きたのを、わがコンビネーションの半有機ネットワークが観測したから」

「だったら、万事休すだ」と、サリク。「背水の陣でのぞむことになれば、われわれ、一巻の終わりです」

「領主判事クラルトはわれわれを殺そうとは思っていない。グレイ生物にさせたいのだから」わたしは反論した。「向こうが砲火を開くのは、こちらが防衛戦に出たときのみ」

「まさか、降伏するつもりですか？」テラナーが憤慨する。

「そうではない。だが、駆除部隊を犠牲にすることはできん」

「犠牲にすることにはならないさ」レトスが割りこんだ。「コンビネーションの観測結果を分析してみたのだ。n次元性爆発のあと、じきにドームが不安定になって消滅にいたるはず」

「神よ、感謝します！」サリクがうっかり大仰《おおぎょう》な表現でよろこんだあと、唇を嚙む。レトスのいったことがどういう結果をもたらすか、気づいたのだ。

〈霧のドームが消滅したら、ヴァジェンダはグレイ軍団の攻撃に対して無防備になってしまうぞ！〉と、論理セクターが指摘する。わたしも一秒前に自分でそのことに気づいていた。

「そもそも、なぜn次元性爆発が起きたのだろう？」と、いぶかしく思って声に出した。

「ヴァジェンダはこれを予測していたにちがいない。そうでなければ、救難信号を送ったりしなかったはず。しかし、防御ドームが消えてしまえば、われわれの助力も焼け石に水だ」

「だが、あのドームがあるかぎり、われわれは助力できない」レトスがおだやかに指摘した。「まずヴァジェンダ卓状地に行き、そこで防衛手段を探すしかないだろう」

「あれを！」サリクが叫ぶ。「霧が裂けた！」

わたしはそちらを見あげてみた。

金色の霧がすでにかなりの部分、消滅している。それがあった場所、卓状地のはしに近いところに、人工的な風景が出現した。スタルセンで見たのと同じ、多彩な建築物の複合体だ。それらのあいだに見えるのは、大きな広場、要塞に似たちいさめの建物、どこまでもひろがる緑地など。そこかしこにブルーグレイの塔が、角形の台座の上にそびえていた。転送機ドームに特有の、脚のないグラスに似た上部構造物がある。とはいえ、深淵の地の転送機ドームとくらべると全体にちいさい。

「あそこでなら、とりあえず駆除部隊はたてこもることができるな」わたしはほっとした。

「すぐにそうする必要がありそうですよ」サリクがそういって、肩ごしにうしろをさしめす。

それを目で追ったわたしは、思わず息をのんだ。ヴァジェンダ卓状地の麓に向かってグレイの群れが押しよせ、岩壁にひしめいている。さまざまな種類の戦闘マシンが何千体と浮遊し、無数の種族からなる重武装した兵士がその場を埋めつくすのが見えた。数百万はいるだろう。戦闘マシンで飛んでいたり、各自の飛翔装置で岩壁をのぼったりしている。

〈これほどの大軍が相手では、駆除部隊のようなエリート組織もかなわない!〉付帯脳が警告した。

わたしもそう認めたが、どうにもならない。撤退するしかないだろう。それでもせめて戦ってみせ、グレイ軍団をあまり早く近づけないようにしなければ。

〈わずかな時間稼ぎがなんの役にたつ？〉付帯脳のコメントだ。〈猶予期間が得られるだけで、なにも救われない。コスモクラートはおまえたちにろくな手段もあたえず、最初から見込みのない戦いに送りだしたのだ。そういう行為は、かつてテラでは犯罪と呼ばれたもの〉

わたしは苦々しい笑いをもらし、いいかえした。

〈それでも、われわれは降伏しない！　すくなくとも、背後に退却の余地があるかぎりは〉

卓状地の周縁部に向かってななめに降下するよう、ティランを操作する。それからヘルメット・テレカムを広範囲に設定し、こう呼びかけた。

「アトランだ。駆除部隊および仲間たちに告ぐ！　グレイの突撃隊が攻勢に転じた。金色の霧が消滅したあとにできた陣地へ、ひとまず撤退せよ！　テングリとジェンとわたしもあとから合流する。その後ただちに、継続的な防御態勢を組織しよう」

「了解」すぐにソクラテスの声が返ってきた。「あなたのそばでグレイ領主の突撃隊を殲滅《せんめつ》できると思うと、うずうずするぞ、わが騎士！」

わたしは嘆息した。

わがオービターのハルト人気質がまた手に負えなくなっているようだ。とはいえ、あのとてつもない軍勢に対しては、ソクラテスでさえ奇蹟を起こすことはできまい。

「いまの提案についてだが、どうやら〝かれ〟が了承するかどうかは問題にしないらしいな」尊大で不満げな声がヘルメット・テレカムに聞こえた。ジャシェムのどちらかにちがいない。

「もちろん、問題にしない」わたしは容赦なく答える。自分たちに決定への参加権があるなどという幻想を、ゆめゆめテクノトールにいだかせないように。「あと、勘ちがいしないでもらいたいが、わたしの言葉は提案でなく命令だ。以上、アトラン！」

ジャシェム二名が憤慨して文句をいうのを聞いて、サリクが破顔した。レトスまでにやにやするので、こちらも笑わずにいられない。

むろん、さしせまった戦いがおよそ楽しいものでないのはたしかだ。それでも、カグラマス・ヴロトとフォルデルグリン・カルトがまぎれもなく目を白黒させているのは、興味深いことにちがいなかった。

〈なにもいうなよ！〉と、前もって付帯脳に釘を刺す。〈恐ろしい出来ごとが目の前に迫ったのは自分でもわかっている。だが、それを排除できぬのなら、降参するしかない。グレイ軍団がヴァジェンダをおおいつくし、宇宙のモラルコードが永遠に変質したままになれば、どういう結果になるか……きみも明確にわかっているはず〉

〈名状しがたいカオスと、全文明の衰退〉付帯脳が淡々と答えた。〈それを実際に経験したくなければ、雄々しく戦って死ぬことだ〉

〈ありがたい助言をどうも！〉わたしは皮肉を返し、仲間たちのあいだに着地する。全員、ホルトの聖櫃のまわりに集まっていた。

5

転送機ドームの出入口から外に出たギフィ・マローダーは、雷に打たれたようなショックを受けた。ものすごい数の輸送グライダー、無限軌道車輛、未知の巨大マシンが、一キロメートルも幅のある道路にえんえんと連なり、列をなして進んでいるのだ。神経をさいなむ作動音があたりに満ち、空気がうなりをあげている。

「ペルウェラとその商売にかけて、これはいったいなんなんだ?」マローダーは騒音に負けじと声を張りあげ、ワシミミズク頭の男にたずねた。

「〝山要塞〟にちがいない」ラーチも大声で答える。「くわしくは知らないが、グレイ領主の拠点基地がニー領にあると聞いたことがある。山要塞という名前らしい」

マローダーは驚愕したままマシンの列を眺めたあと、立ちならぶダークグレイの掩蔽《えんぺい》壕、配備されたミサイルの数々、サイロのようなグレイの建物に目を向けた。見わたすかぎり、それらがどこまでもつづいている。はるか遠くには火を噴く煙突も見えた。グレイに煙る薄明るい空を見あげると、ツェッペリン・タイプの大型飛行船や機動性の高い戦闘グライダーが旋回していた。

「こりゃ正気の沙汰じゃないぜ！」もとアストラル漁師は叫び声をあげた。「とにかくすぐ逃げよう、ラーチ！」

「それはわたしも考えたが、やみくもに逃げると迷子になるぞ」と、ラーチが応じる。「山要塞は恐ろしく広大なはず。方向を見きわめるには、データをそなえたコンピュータがないと。この近くには見あたらないが、使えるコンピュータが城郭にならあるかもしれない」

「城郭？」マローダーはおうむがえしして、「そりゃまた、なんのこった？」

「掩蔽壕のなかでもとりわけ大型で、防御も完璧な施設だ。グレイ領主たちの居所でもある。かれらはそこにいて出兵計画を立てたり、命令をくだしたりしている。いわば、山要塞の中枢だな」

「出兵？」と、またもやくりかえし、「戦争ってことか？」

「グレイ領主たちは明らかに、深淵の地をすべて掌握《しょうあく》してグレイ作用をおよぼそうとしているのだ！」ラーチが叫んだ。「それ以上のことは知らない。知っていたら、わたしはとっくに通常宇宙にもどっていただろう。だが、もとめられる情報を手に入れてないのに〝大いなる者たち〟の前に出ることはできない」

「やれやれ、なんて場所にきてしまったんだ！　最初に漂着した不気味な基地では、エレメントの十戒が全宇宙をカオスにおとしいれようとしていた。そしてこんどは深淵の地か。ここには狂気の戦闘マシンを使ってすべてをグレイにしようとたくらんでいる輩《やから》がいて……おまけに、わたしが出会ったワシミミズク頭の生物はどうやらスパイとして活動しているらしい。ああ、あのときプシ・ブリンカーを未開宙域なんかに射出しなけりゃよかった！」

「すべては宇宙のモラルコードが損傷したことが原因だ」と、ラーチ。「だが、ここで立ったままそんな話をしていてもはじまらない。まずは乗り物を入手しないと」

「あそこに一機ある！」マローダーが指さしたのは、グレイの双胴グライダーだった。空にうごめく多数の機体のあいだを抜けて、二名のほうへと降下してくる。「われわれを迎えにきたのかも」

「ありうるな。だが、こちらを乗客と思っていないことはたしかだ。戦闘グライダーだぞ。ふたつの胴体がそれぞれビーム砲を二門ずつ装備している。ひとつは前方に、もうひとつは後方に。まさか、われわれに問題があるからというので、武器を使って始末する気じゃないといいが」

「われわれにどういう問題があると？」

「グレイになっていないことだ」ラーチが説明する。「きみはまだ気づいていないようだが、周囲はなにもかもグレイだろう。だから当然、われわれもそうなってしかるべきなのだ」

「シヴァよ、救いたまえ!」マローダーは愕然として叫んだ。自分とラーチに生命の危機が迫っている。「どうすればいいんだよ?」

〈おちついて、ご主人!〉と、声がする。

マローダーはぎくりとして跳びあがった。これはまさしく、ラーチの指に火をつけた者の声ではないか。あたりを見まわしてみる。だが当然、近くにはだれの姿も見えなかった。

「きみにも聞こえたか、ヒルダ?」と、もとアストラル漁師。

「なにがです、モジャ?」セランのポジトロニクスが答えた。

マローダーの頭のなかで、なにかがひらめきそうになる。だが、それが確実なものとなる前に、次の問題があらわれた。戦闘グライダーとその乗員というかたちで。

双胴グライダーはマローダーとラーチから数メートルはなれた場所に着陸。前方のビーム砲二門が作動し、侵入者二名に照準が合わせられる。数秒後、機首ふたつのあいだにある操縦キャビンのハッチが開いて、ブルーグレイの宇宙服に身をつつんだ生物二名が降りてきた。

一見するとヒューマノイドだ。身長は二メートルほど。肩幅がひろく、腕も脚も二本で、直立歩行し、頭がひとつある。ところが、透明ヘルメットの奥にあるのは、人間と同類の知性体の頭部ではなかった。テラのサッカーボールのような感じだ。しわの多い灰褐色の皮膚におおわれ、疣《いぼ》に似た黒いセンサーが二ダースほどついている。どういう種類の感覚器官なのかはわからない。

ビーム兵器の砲口が危険を知らせるように揺らめく。それを見てマローダーは、コンビ銃にかけていた指をはなした。へたな動きを見せないよう用心しつつ、両腕をだらりとわきに垂らす。

二名の乗員はそれぞれ、銃身のみじかい武器を手にしていた。ビーム銃なのか弾丸を使うものか、外見からはわからない。銃口が絶え間なくぎらぎら光るので、まぶしくて目がくらむ。

「モジャ、きみのコンピュータに深淵スラングをプログラミングしておいたから、トランスレーターが使えるぞ」ラーチがいった。「ちなみに、深淵スラングはアルマダ共通語のヴァリエーションだ」

「どっちのスラングも共通語も知らないな」と、マローダー。「でも、助かるよ。ありがとう」

グライダーの乗員二名は、それぞれマローダーとラーチのすぐ前に立ちはだかった。

「きみたちはグレイ生物ではない」マローダーに対峙《たいじ》した男が……男だろうか？……きっぱりいう。ヒルダが相手の言葉を同時通訳した。たぶん、ミスはなさそうだ。「着ているものを脱げ！」

「なんだって？」マローダーは驚いて、「いかれてるぜ！　頭のなかに鳥でも飼ってるのか？」

「なにがいいたい？」相手のコメントだ。「さ、早くしろ！　さっさと脱がないと、ブーゲンするぞ」

「〝ブーゲン〟ってどういう意味だ、ヒルダ？」マローダーがささやく。

「翻訳できませんが、暴力に関連する語であることはまちがいないでしょう」と、ポジトロニクス。

「なんだ？」もうひとりの異人が叫び、あわてて周囲を見まわしている。「いったい、やつはどこへ消えた？」

マローダーも同じことを自問した。ラーチの姿がどこにも見えないのだ。苦々しい思いが胸に湧く。

たぶん、かれはテレポーターなんだ。だから、わたしをあっさり置き去りにできたわけか！

マローダーの前にいたほうの異人がゆっくりと銃をあげ、頭を狙ってくる。もとアストラル漁師はあわてて外側ベルトの留め金をはずし、セランを脱ごうとした。そのとき、左肩にかけていた道具袋が滑って左胸の前にきた。

「待て！」と、目の前の異人が命令。「まず、その袋の中身をぜんぶ出すのだ！」

「たいしたものは入ってないけど」マローダーは抵抗した。

「いいから出せ！」相手がどなりつける。

しかたなく、いわれたとおりにした。異人はもちろん、謎めいた卵形物体を見て心奪われ、没収してわがものにするだろう……そのシーンが目に浮かぶ。ところが、なぜかそうはならなかった。するとこんどは、ラーチの捜索をあきらめたらしいもうひとりの異人がやってくる。

だが、グレイ生物は二名ともシヴァをちらりと見ただけだ。マローダーは心底びっくりした。目の前にいたほうの異人がいう。

「すべて問題なし。ぜんぶ袋にもどしていいぞ。城郭まで案内しよう、きみがそこへ行きたいのなら。ところで、わたしの名はオプ・イルグ・ツガ。こっちはオプ・ナルグ・ゲサだ」

「あ、あ……ありがとう」マローダーはつかえながら答え、急いでシヴァとその他もろもろの品々をまた道具袋に詰めこんだ。「ご親切に感謝する。ただ、ラーチがどこにいるかわかるといいんだが。かれも城郭に行きたがっていたから」

「ラーチ？」オプ・ナルグ・ゲサが訊きかえす。「いったいだれのことだ？」

マローダーは説明しようとしたが、思いなおした。ラーチのことを話せば、かれが消えた理由も説明しなくてはならなくなる。そんなことをしたら、この二名に怪しまれてしまうかもしれない。

「いやいや、なんでもない」そう答えた。ラーチも思い知るがいい。これほど恥知らずにわたしを見殺しにしたんだから。「ちょっと頭に浮かんだことを口にしただけだ。さ、準備できた。案内してくれ」

じつは、ラーチに対するかれのこの判断は誤っていた。意識が混乱したせいで、まちがった結論を出していたのだ。だが、異人二名についてグライダーのほうへ行きかけたときも、それに気づくことはできなかった。外側ベルトをはずしたままだったため、さげてあった装備がベルトごと腰からふくらはぎまでずり落ちたのだ。おかげでばったり転んでしまった。

オプ・イルグ・ツガとオプ・ナルグ・ゲサが親切なところを見せて、マローダーを助け起こす。すりむいて血が出た鼻に治療プラズマをスプレーし、道具袋をひろいあげて紐を締めなおした。それから、いたわりつつ乗客をグライダーへと連れていった。

＊

グライダーがスタートし、ふたたび空にうごめく部隊のなかにまじると、マローダーは異人二名にあたえられたフォーム・シートのなかであれこれ考えをめぐらせた。オプ

・イルグ・ツガとオプ・ナルグ・ゲサは、ビーム砲の火器スタンドのうしろにあるシートにすわっている。

かれらのほかには操縦キャビンにパイロットがいるだけだ。とはいえ、二名の同胞種族ではなかった。いずれにせよ、見かけがちがう。身長はせいぜい一メートル、痩《や》せぎすで、胴体とみじかい脚二本を宇宙服につつんでいる。長い腕は四本で、キチン質の顔は昆虫種族のものだ。名前はグロアルグという。マローダーが乗りこんでもなにもいわなかった。

だが、かれはそんなことを気にしているのではない。なぜオプ・イルグ・ツガとオプ・ナルグ・ゲサが態度を百八十度変えたのだろうと、頭を悩ませているのだ。

じつのところ、答えはわかっていた。だが、かつてのアストラル漁師は、なにがなんでもそれを認めたくなかった。認めれば、かえって答えの出ない疑問が増えるばかりだと思ったから。

とはいえ、結局は認めるしかあるまい。なんといっても、かれが最初にシヴォアクと名づけ、のちにシヴァに名前を変えた卵形物体は、その思考ネットにふたりのコスモクラート……タウレクとヴィシュナを捕らえたのだから。十戒の、すなわちカッツェンカットの道具にされただけではあったが。つまり、超能力を持つということ。それでも、卵がみずからその力を使えるとは考えたこともなかった。だが、シヴァはまさにそれをやってのけたのである。

おまけに、話しかけてきた！

いや、そうじゃない。話しかけたのなら、ヒルダにも聞こえたはずだ。メンタル手段で思考を伝えてきたにちがいない。

マローダーは戦慄した。

茫然として卵をとりだし、両手につつみこんで、じっと見つめた。思いは千々に乱れる。

〈恐いよ、シヴァ！〉そう思考してみた。〈きみはいったいだれなんだ？〉

〈時の子供です！〉と、答えが返ってくる。こんどはマローダーにも、それが声でなく思考による返事だとわかった。〈巣のなかで孵化の途中だったところを、盗人にさらわれたのです。自分がだれで、宇宙がどういうものなのか、認識できるようになる前に〉

〈だれもみな宇宙の一部にすぎない。それがどういうものなのか、認識はできないのだ〉と、マローダー。〈だけど、孵化の途中だったといったな。すると、きみはただの卵で、そのなかからほんとうの存在が生まれでてくるわけだ。ちがうか？〉

〈わからないのです。巣にいたとか孵化の途中だったとかいうのは、だんだん事実でない気がしてきました。そう暗示されただけかもしれません〉

〈つまり、だれかがきみの記憶を奪って、にせの記憶を植えつけたということか？〉

〈そんなところです、ご主人〉

〈ご主人？〉マローダーは思考のなかでおうむがえしする。〈どうしてきみはわたしをご主人と呼ぶんだ？〉

〈最初に会ったとき、すぐにわがご主人だと気づいたので。なぜ気づいたかは、やはりわかりません。ですが、いずれ解明できると思っています。あなたといれば、たぶん可能でしょう〉

〈その楽天主義はどこからくるのかね？〉マローダーはさらに追及した。

〈われわれは同志だという気がするので、ご主人〉

マローダーは肩をすくめる。

〈ただの思いこみなんじゃないか〉と、額にしわをよせた。〈しかし、もしかしたら運命の類似性というのがわれわれを結びつけているのかもしれないな。わたしも自分の出自をよく知らないのだ。六十二年ほど前、どこかの難破船から救助されたということしか。もちろん、そのあと起きたことはおぼえているが、その前のことはいまもおぼろげでね〉

〈われわれ、似ているのですね！〉シヴァがコメントした。

もとアストラル漁師はうなずく。

〈そうだな、シヴァ。ところで、そもそもどうしてシヴァなんだい？　それも、きみが

わたしに吹きこんだ名前だろう？〉

〈吹きこんだといいますが、じつのところ、訂正しただけですよ。シヴォアクという名前はどこかちがうと思っていたのです。とはいえ、知識にもとづくものではなく、たんなる感覚なので、それに関して説明はできません。正しいかもしれないし、まちがっているかもしれない〉

〈ま、いずれわかるだろう！　それまではシヴァと呼ぶことにするよ。わたしもこの名前が気にいったし、シヴォアクより感じがいい。それに、シヴァもシヴォアクも意味は同じだからな〉

〈それも感覚にすぎませんよね、ご主人。そうでしょう？〉

「そうだ」マローダーはうっかり声に出し、呆《ほう》けたような笑みを浮かべた。

「なんですか？」セランのポジトロニクスが問いかける。

「おいおい、口を閉じなさい、お嬢さん！」マローダーは答えた。「たんに考えが声に出ただけだ」

「たったひと言〝そうだ〟で表現できるとは、いったいどれほどすごい考えなんでしょうか？」ヒルダがむっとして応じる。

「わたしがいったのは……」

「口を閉じなさい！」ポジトロニクスはかれの言葉をそのまま返し、「わたしはまさにそうします、たったいまから。あなたが謝罪するまで、ずっと」

マローダーは痛くもかゆくもなかった。なんだってポジトロニクスごときに自分の言動を謝罪しなくちゃならんのだ。そう思ったので、これ見よがしに口を結び、操縦キャビンの窓ごしに外へ目をやる。

はるか遠くにのびる幅ひろい道路の上を滑空していた。転送機ドームを出たときに見えた道路だろう。グライダーは無数の溝や穴ででこぼこになった丘陵地の上、似たような機体やべつの飛行マシンが飛びかうなかを縫って飛んでいた。太い無限軌道のついたグレイの巨大マシンが汚泥《おでい》のなかをのたくり進み、ビーム砲の旋回砲塔からまばゆい閃光をはなっている。そのマシン間のあちこちで、飛翔可能な宇宙服あるいは戦闘服を身につけた生命体がいくつか集団をつくり、把握器官にビーム兵器を持ったまま浮遊していた。

手足が八本ある不格好な生物で、濃いグレイの宇宙服姿だ。この距離からだとそれ以上のことはわからないが、どうやら突撃隊らしい。遠くから見るとアリの群れみたいで、まったく個性が感じられない。戦争という異常なセレモニーにおいては、すべての知性体が同じようになるものだ。

戦闘マシンと突撃隊は目的をもって疾駆していた。かれらの対面側、マローダーから見て二キロメートルほどはなれた場所に、柱形プロジェクター、爆弾をそなえた有刺鉄線、エレクトロン網、掩蔽壕からなる陣地などが十キロメートルにわたってのびている。そのあいだには梯形に設置された塹壕《ざんごう》システムが三つあるが、放置されていた。そのかわり、ずっと奥のほう、出動部隊の陣地に掘られた深い溝のなかに、グレイの姿がびっしり密集してひしめいている。まるで、有害廃棄物の処理場を掘りかえしたばかりの土塊のようだ。自然の生物資源で製造された、安価な兵卒ということ。その近くで無限軌道を振動させているのは、かれらが乗る戦闘マシンである。

攻撃側の部隊が、防衛側陣地の前線に侵入した。柱形プロジェクターや爆弾つき有刺鉄線やエレクトロン網が作動し、盛大な火花があがる。同時に、攻撃側・防衛側の戦闘車輛がビーム砲を発射。たがいに撃ち合いがはじまる。そのようすをもとアストラル漁師は観察し、かぶりを振った。

それから、思わず二度見なおす。それでようやく、自分の見たものが正しかったと確認できた。絶え間なくビームが飛びかっているのはたしかだが、それらは戦闘マシンにも戦闘員にも被害をもたらしていないのだ。

つまり、これは演習ということ。実戦のさいに最大限の効果をあげる目的で、知性体どうしを戦わせているわけだ……同じような知性体が。なんという倒錯趣味だろう。マローダーは身震いした。

慄然として目をそらし、反対方向を見る。もしかしたら、なにか楽しげなものが眺められるかもしれないと思って。だが、そこにあったのは殺人演習と大差ない光景だった。柵でかこまれた武器庫、えんえんと連なる単調な兵舎、軍需工場の火を噴く煙突、ひろい滑走路を行き来するマシンや生物の群れ……そのすべてを、気のめいるようなグレイのオーラがとりまいている。

するると、平地が開けてきた。ここに唯一存在する巨大な死の罠みたいで、憎々しげに見える。そのまんなかに、大きな鋼の丸太に似た施設があった。

「山要塞の城郭だ」と、オプ・イルグ・ツガがいった。

6

われわれはひろい陣地のなかにもぐりこんだ。緑地帯と滑走路と建物群にかこまれ、すこしは敵の目から逃れることができる。金色のヴァイタル・エネルギーでできた鐘状ドームが消えたあと、最初にあらわれた場所で、幅は二十キロメートルないし五十キロメートルほどありそうだ。

ホルトの聖櫃の忠告を聞いていたので、われわれは周囲に目を配った。ルラ・スサンがあらわれるかもしれない。〝深淵遊泳者〟とも呼ばれ、ヴァジェンダの守護者だという種族だ。ホルトの聖櫃の話では、全長三メートル、太さ半メートルの巨大ミミズのような外見らしい。胴体のまんなかには金色に輝くこぶし大の器官があって、皮膚下で脈動しているのが見えるという。ヴァイタル流がない場所ではテレキネシス能力を使って移動するそうだ。

この奇妙な知性体について、聖櫃はそれ以上なにも説明しなかった。だが、説明の必要はなかったかもしれない。というのも、どうやらルラ・スサンは死に絶えたようだから。つまり、どこを探しても見あたらないのだ。そればかりか、ほかの生物もまったく見つからない。緑地帯はひどく荒れはて、滑走路は閑散として、かたすみにスクラップの山があるばかり。建物群の周辺はまるでゴーストタウンだ。ビルの窓が割れて風が音高く吹きぬけ、道路は草木も生えぬ砂漠地帯に変わってしまっている。

わずかながら動きが見られるのは、要塞めいた数棟の建物だけだった。その内部にさまざまな戦闘用装備があるのを、駆除部隊が発見した。柱形プロジェクター、爆弾つき有刺鉄線、エレクトロン網。それにくわえて、装甲した小型防御兵器のよせあつめや、ありとあらゆる類いの弾薬および地雷がある。

これらの発見物を見て、わたしはメタン戦争を思いだした。アルコン人とマークスのあいだに勃発した陣地戦争は、多くの惑星において激戦となったもの。ほとんどの場合、アルコンは数で圧倒的優位に立つ相手と戦うはめになったが、自動作動する防御兵器を戦略的に使うことで、そのハンディキャップを埋めようとしたのだった。

わたしはこの記憶にもとづき、駆除部隊に指示を出すことにした。すでに通りすぎてきたほぼ十キロメートルにわたる一帯を、種々の地雷で埋めつくすよう命じる。荷重と音に反応するもの、爆発するもの、遠隔操作で作動するもの、などなど。くわえて、砂漠化した道路にはエレクトロン網をしのばせ、建物の内壁には爆弾つき有刺鉄線を張りめぐらせた。柱形プロジェクターは位置を変更し、近づいてきた敵方マシンの探知・照準ポジトロニクスを混乱させるような場所に設置しなおす。

だが、その準備がまだ終わらないうちに、グレイ軍団の先遣隊がヴァジェンダ卓状地の上端に押しよせてきた。不気味な轟音《ごうおん》を響かせ、地面を揺るがせつつ、荒廃したゾーンに近づいてくる。グレイの領主たちが最初にマシン部隊を送りこんできたことで、わたしはほっとした。知性を持つ生物からなる突撃隊は数百メートルうしろからやってくる。つまり、こちらの防御兵器にやられるのはマシンのみということ。これまでにわかっていることから判断すると、それらは無人運転だ。

最初のマシン群が地雷に吹き飛ばされ、爆発した建物の下敷きになり、エレクトロン網のエネルギー・ビームによって溶解する。そのとき、だれもが予想していなかったことが起きた。

突然、ゴーストタウンのいたるところから、ありとあらゆる種類のロボットが湧きでてきたのだ。その多くは出てきたとたんに防御兵器の餌食《えじき》になったが、それでもまだちいさめのロボットが数百万体いて、こちらに押しよせてくる。あまりの勢いに、われわれは対抗手段をとることもできない。

これが相手を殺すようプログラミングされているマシンだったら、こちらはおそらく一巻の終わりだっただろう。ところが、ロボットにわれわれを攻撃する意図はないようだ……とりあえず、いまのところは。

気がつけば、わたしはたちまち一ダース以上のロボットにとりかこまれていた。小人めいた外見で、赤錆色のメタルプラスティック製ボディは高さ一メートルほど。みじかい脚二本と、地面までとどく腕が四本ある。銀色に光る円錐形の頭部には、開口部やセンサーの類いは見あたらない。

それなのに、しゃべった!

深淵スラングだ。こちらは全員、理解できる。

「なんなりとお申しつけください、ご主人様!」ロボットたちがいっせいにがなりたてる声が耳にとどいた。数十本の手がのびてきて、わたしのティラン防護服をなでたり引っ張ったりする。「ご命令にしたがいます」

わたしは仲間たちのほうを横目でうかがった。

駆除部隊は地面にもぐってかくれていた。防御態勢をとっていたのである。卓越した戦法だ。こうすれば、どこからも見えなくなるから。ジャシェム二名、ジェン・サリクとテングリ・レトス゠テラクドシャン、オービター三名はみな、わたしのすぐ近くで砂になかば埋もれたところにいる。

仲間たちのかなり情けないようすを見て、思わず笑ってしまった。ジャシェムたちはコンビネーションの防御バリアを作動させたものの、それ以外の行動はまるでとれそうもない。クリオとソクラトはもっとぶざまなありさまだった。とりわけハルト人は。なぜなら、かわいらしい印象のロボットを破壊しない程度に力を調節するようなことは、かれにはとてもできないから。

しかし、ロボットの一群が掩体にかくれていた駆除者三名を引きずりだし、文字どおりばらばらにしたのを見て、わたしの笑いは引っこんだ。いずれのロボットも、そのばらばらの断片を持って走りだす。主人を見つけようと必死になっているようだ。各自にひとりずつ主人がいないのなら、その一部で甘んじようと考えたのだろう。

「防御バリアを張れ！」わたしはヘルメット・テレカムで指示した。「場合によってはロボットを破壊せよ！　これらは生命体ではなく、マシンにすぎない。ばらばらにされたらおしまいだぞ！」

とりあえず、視界に入った駆除者二名はこの指示にしたがった。わたしが見ていないところでなにが起きたかはわからない。

だが、指示がいきわたったらしく、あたりの光景はたちまち一変した。強力なエネルギー・バリアにロボットたちは太刀打《たちう》ちできず、破壊されたり、投げ飛ばされたりする。それでもあとからあとから押しよせてくるので、こちらは動きがとれない。これではグレイ軍団の攻撃を迎え撃つのは不可能になりそうだ。

たしかに多くの戦闘マシンはスクラップになったり、地雷原のなかで赤熱《せきねつ》して横たわったりしているし、先遣隊は様子見のようだが、それでも数千、数万のマシンがヴァジェンダ卓状地の縁をこえてやってくる。その半数ほどは地雷やエレクトロン網や爆弾つき有刺鉄線や柱状プロジェクターの犠牲になるとしても、やがて防御手段も底をつくときがくる。駆除部隊は見込みのない戦いに巻きこまれることになろう。

「退却！」わたしはヘルメット・テレカムに叫んだ。「ロボットはこちらの機動力を奪ってしまう。各自単独で、あるいはグループになってゴーストタウン・ゾーンをくぐりぬけ、あのガラス迷宮の周辺まで撤退せよ！」

〈だが、それ以上行ってはいけない！〉ホルトの聖櫃がテレパシーで伝えてきた。〈ルラ・スサンの許可なくガラス迷宮に侵入したら、〝影法師軍〟が登場するのは避けられなくなるぞ〉

「どのみち、当座はそれ以上行かれまい。ガラス迷宮はいまなお自由ヴァイタル・エネルギーで満たされているのだから」と、わたし。「それも消えてしまえば、先に進めるだろう。いまはとにかくロボットの束縛から抜けだし、グレイ軍団とのあいだの距離を稼ぎたい」

われわれは動きはじめた。隙間なくならんだロボットを破壊しつつ進み、数分のあいだ息をつく。だが、相手がプロジェクターを投入したため、こちらの防御バリアが不安定になった。駆除部隊のバリアを見ると、なんと一部が崩壊しはじめている。

おかげで、最初に考えていた秩序ある退却は不可能となり、あわてて逃亡するはめになった。不幸中のさいわいだったのは、グレイ軍団が遅滞なく追撃してこなかったこと。敵はゆっくりと慎重にゴーストタウン・ゾーンを通過している。手探りしながら……それでも、とまることなく。

われわれのほうは、ガラス迷宮の縁まであと三十キロメートルもないところまで、ついに到達した。だがここについては、ほとんどなにも知らないも同然である。ホルトの聖櫃がこれまで、ほんのわずかな情報しかあたえなかったから。

もっと多くを知るときがきたのだ。ただ、まずなによりも、迷宮に入るのにどうやってルラ・スサンの許可を得るか……

7

城郭の前にちいさな発着場があった。そこへ戦闘グライダーがまさに着陸しかけたとき、べつのグライダーが強引に追いこしをかけてきて、こちらの機首のすぐ前に出る。

グロアルグは冷静沈着に逆噴射に切り替えた。急制動を受けて、機がもんどり打つ。パイロットはただちに再加速。尾部ノズルがはげしく火を噴き、もう一機のグライダーの上部に焦げ跡ができた。

「これは騒ぎになるぞ」と、オプ・ナルグ・ゲサ。「あのグライダーには領主判事の紋章がついている」

「だって、向こうが進路妨害したんじゃないか」ギフィ・マローダーは文句をいった。

「こちらは領主判事じゃないから、しかたない」オプ・イルグ・ツガの意見だ。

かれの前にあるコントロール・ランプが点灯し、明滅しはじめる。オプ・イルグ・ツガはセンサー・ポイントに触れた。ランプの上のスクリーンが明るくなる。

スクリーンにグレイの面長の顔がうつしだされると、オプ・イルグ・ツガのからだが数センチメートル縮んだように見えた。顔の主は大きな黒い目とちいさな鼻、細く黒い唇をしている。その唇のあいだから割れるようなだみ声が響いた。

「領主判事ライークだ！　おまえたちはわが安全を脅かした。当機のうしろにつけ。グライダーから降りて、機体の近くにとどまること。そっちのパイロットはわたしがみずからブーゲンし、砲手は資格剝奪とする。いま陸戦隊がヴァジェンダ前線に展開しているから、そこにくわわるのだ」

「は、閣下」オプ・イルグ・ツガが力なく応じる。

「あまりに不当な話じゃないか！」マローダーは憤慨した。「パイロットをブーゲンするだと？　かれのすばやい反応のおかげで、われわれも領主判事も助かったんだぜ！」

そこではっとして、「だいたい〝ブーゲン〟ってどういう意味なんだ？」すこし前、オプ・イルグ・ツガがその言葉で自分を脅したことを思いだす。

「だれも正確には知らないが」オプ・ナルグ・ゲサが答えた。「ブーゲンされた者は姿を消してしまうのだ。それが死を意味するのか、あるいはどこかへ追放されたことになるのかは、だれにもわからない。もしかしたら、かつてはみな知っていたが、忘れられたのかもしれない」

「ふん！」マローダーは鼻を鳴らし、震えているグロアルグを見て腹を決めた。「わたしが領主判事とやらに意見してやる！　かんたんにだれかを始末しようなんて、ずいぶん卑劣なやつだ」

〈わたしにまかせてください、ご主人！〉シヴァがメンタル手段でいってきた。こんどはマローダーも、だれの声だか即座に判断がついた。

〈わかった！〉と、応答する。〈あと、ふたりのオプがヴァジェンダ前線に送られないようにもしてくれよ！　それはそうと、ラーチをここに呼びもどすことはできないのか？〉

〈残念ですが、それはできません！〉シヴァの返事だ。それ以上なにもいってこない。なぜできないのか理由をたずねてみようかと考えたが、やめておく。マローダーはふたたび窓の外に目をやった。グロアルグはまた回頭して着陸機動に入り、いわれたとおり、領主判事のグライダーのうしろについた。恐怖のためか、震えがいっそうひどくなっている。

「心配するな！」マローダーはなぐさめた。「領主判事がきみをブーゲンすることはないから」

パイロットはなにもいわない。こちらの声が聞こえていないのではないかと、マローダーはふと思った。グロアルグが前よりはげしく震えだしたから。もしかしたら、かれは生まれつき話すことも聞くこともできないのかもしれない。これまで、ひと言も発していないし。

数秒後、戦闘グライダーはみじかい軌道を描いて制動をかけ、領主判事のグライダーの数メートルうしろに駐機した。

マローダーはシヴァを袋からとりだした。ほんとうにまかせて大丈夫なのか確認したかったのと、袋に閉じこめたままだとやりにくいかもしれないと思ったのだ。それから袋を背負いなおし、シヴァを両手でつつみこんで目の前にかかげながら、いちばんはじめに降機する。そのあとからオプ・イルグ・ツガ、オプ・ナルグ・ゲサ、グロアルグとつづいた。

もう一機のグライダーもハッチが開いた。ふたりのオプと瓜ふたつの者が二名、出てくる。それから、グロアルグそっくりのドッペルゲンガー。そして、最後にあらわれたのは……

マローダーは口をぱくぱくさせてあえぎ、あやうくシヴァを落としそうになった。領主判事のグライダーからあらわれた四番めの乗客は、なんとかれ自身だったのである。

驚きのあまり、動くこともできない。いま自分が降りてきたばかりのグライダーに、もうひとりの自分が同行者三名とともに乗りこむようすを茫然として見守る。機がスタートしたあとも、まだ放心したままでいた。

「衛兵がきました、閣下」隣りでオプ・イルグ・ツガがいう。

マローダーは硬直状態から脱した。どこにオプ・イルグ・ツガのいう〝閣下〟がいるのかと、探るようにあたりを見まわす。城郭の近くに領主判事たちが集まってきたのかと思ったから。

ところが、領主判事はいなかった。

そこにいたのは、ブルーグレイの金属装甲を身につけた大柄な者が四名。発着場にいるマローダーのほうに、見たところまっすぐ向かってくる。

「あれは何者だ？」かれはそう口に出し……自分の声が変化していることにようやく気づいた。ひどいだみ声だ。

「あなたの護衛隊ですよ、閣下」と、オプ・イルグ・ツガ。

「閣下！」マローダーはばかにするようにまねした。「いったいどこに領主判事がいるんだ？」

この瞬間、ひらめいた。

見おろしてみると、自分はグレイのフードつきマントを着ている。おまけに、割れたようなだみ声。

領主判事ライークに変身したのだ！

それとも、かれと入れ替わっただけか？

さっきまでの記憶をたどってみる。そこで気づいた。自分の精神はまだギフィ・マローダー、すなわちモジャのままだ。となると、モジャの姿かたちをしたさっきの男はライークの意識を持つことになる。

〈上出来だぜ、シヴァ！〉と、思考を送った。〈でも、このあとどうしたらいい？〉

そのとき、さらに気づいたことがあった。シヴァが手のなかから消えているではないか！

もしかしたら、さっきの男が……？

うしろを振り向いて、自分の外見をした領主判事ライークを乗せて出発したグライダーを確認しようとする。だが、空にうごめくほかの機体のなかにとっくにまぎれてしまっていた。

〝ぱん〟と足音が響き、低い声が聞こえた。

「閣下、ご命令をどうぞ」

マローダーはふたたび振り向いた。

目の前に、ブルーグレイの装甲姿の四名が立っている。ヒューマノイドだが、身長は二メートル半以上あり、それに応じて肩幅もひろい。しかし、はねあげたヘルメット・ヴァイザーの下にある顔はまさしく人間のそれだった……四人が全員、同じように見えることをのぞけば。

「こりゃたまげた！」思わず口から出た。首を振りつつ、話しかけてきた衛兵をしげしげと見て、「きみたちはテラナーか？　あるいはエルトルス人かな？」と、インターコスモでたずねる。通訳が必要ないことをヒルダに知らせたのだ。

衛兵は青ざめ、汗をかきはじめた。

「お許しください、閣下！」懇願するように、深淵スラングでいう。「わたしは無能なため、あなたの言葉を理解することができません。どうかブーゲンだけはご勘弁くださ い。彼岸を汚すほどの価値など、わたしにはありませんから」

もとアストラル漁師は思わずにやりとした。

深淵の住民でも意見を述べるのか！

やはり通訳するようにとヒルダに指示し、衛兵にこう告げた。

「問題ない」

問題だらけだがね！　と、内心では思う。そもそもヒルダはここにいないはずなのに、なんで通訳できるんだ。それに、これから自分がいったいどこに向かうのかも全然わからない……つまり、ほんものの領主判事ライークがどこに向かうつもりだったかということだが。

くすくす笑いが聞こえた気がする。いい気味だというように。頭が混乱するなか、マローダーはそれをヒルダの声だと決めつけた。

「きみたちはわたしをどこに護衛していくのかね？」と、四名に訊いてみる。

「グレイ議場です、閣下」さっき話しかけてきた衛兵が答えた。まだ汗をかいている。

「お慈悲に感謝いたします、閣下!」

「よろしい、わが息子よ」マローダーはもったいぶって答えた。ぞっとするような割れ声がいまいましい。「ではグレイ議場に向かうぞ、一同!」

＊

マローダーは衛兵四名とともに、城郭にただひとつある門をくぐった。護衛隊が帯びている唯一の武器は、こぶしの太さで下腕の長さの黒い棒だ。棒には真っ赤な輪が六つ、等間隔にはまっている。

マローダーは道すがら、護衛隊の代表だというさっきの衛兵と熱心に会話した。領主判事ライークなら当然わかっているはずのことを知るために。

だが、ロークと名乗った衛兵は実際に無能であるらしく、知っていることはほとんどなかった。下位ランクの者にはわざと知識をあたえないようになっているのかもしれない。

それでも、わかったことがいくつかある。まず、深淵の地は……それがなんなのかは、ロークの知識がほとんどゼロにひとしいせいでさっぱりだ……無数の領地に分かれているらしい。各領地には、たとえばムータン、シャツェン、スタルセンといった名前がついている。また、時空エンジニアは当てにならないとのこと。これも何者だかわからないが。あと、深淵の地はじきに有害な通常状態から解放され、全土がグレイになるという。それから、ほかに五名いる領主判事の名前と特徴も、ロークに説明できるかぎりで聞きだすことができた。ライークの特徴については、あえてたずねることもない。見たとおりだろうから。すくなくとも本人以外にとっては。

もとアストラル漁師は護衛隊にかこまれたまま、リフトキャビンのように見えるひろい空間に足を踏み入れた。その古めかしいしつらえに驚いていると、いきなり照明が変化して……うなじが強く引っ張られるのを感じた。

まるで、母船で仕事用デスクの前に長時間すわったまま、コンピュータで計算作業をしていたときみたいな感覚だ。

それとも、転送機のなかでハイパーエネルギー性の構造パターンに変換され、転送先に送られたあと、いつもなじんでいる存在形態に再変換されたときみたいな感覚といったほうがいいか？

だが、あえて疑問はなにも口にせず、そっと……恐ろしくしわだらけの……首をひねるだけにする。それから護衛隊といっしょに、リフトキャビンらしきものをあとにした。

上層階に着くのだろうと思っていたが、どう考えても地下階層にいる気がする。だが、見た目では判断できない……いずれにせよ、この城郭の内部についての詳細がなにもわからない、にせライークの目では。わかるのはただ、さっきはひかえめな赤い色だった照明が、ここではグリーンになっていることだけだ。

護衛隊がいきなり停止したので、マローダーはロークの腰のあたりに……しかも金属装甲に……ひどく顔をぶつけてしまった。鼻血があふれてくると同時に、鼻が風船のごとく腫れあがりはじめた。

振りかえったロークはこのありさまを見て仰天し、タイル製の床にひれ伏して許しを請う。ほかの衛兵三名は文字どおり跳びすさり、てんでに逃げていった。領主判事がロークにひどい仕置きをすると思ったのだろう。

そのあいだにマローダーはマントや下着の襞《ひだ》、ポケットを探った。どこかにハンカチがないかと思ったのだが、見つからない。かわりに痩せこけた指がつかみだしたのは、白粉《おしろい》を入れるコンパクトみたいなものだった。思わず悪態をつく。

ついにかれは怒りのあまり、まだ床に伏せているロークの脇腹に蹴りを入れ……たちまち後悔した。装甲で足のおや指を痛めたのだ……それがおや指であればだが。領主判事の足を見たことがないし、見る気もないのでわからない。

「きれいな布と治療プラズマを持ってこい！」と、割れ声でどなりつける。不可視のヒルダがそれを通訳した。

ロークは弓で射られたように跳びあがり、もうすこしで〝領主判事〟を押し倒しそうになった。ぎゃっとひと声叫んで、キツネに追いかけられたニワトリさながら、その場を走り去る。たぶんもうもどってこないだろう。そう思ってマローダーはあきらめていたが、衛兵は二分もするとまたあらわれ、ブーツをきしませて急停止し、真っ白い布をさしだした。

テーブルクロスに見える。もちろんそうじゃないだろうが、これと同じようなのを母船の主食堂で使っていた……ペルウェラの奇矯《ききょう》な趣味によるものだ。彼女の奇矯な趣味はそれにかぎったことではないが。

しばしためらったあと、かれは布をもったいぶって顔に当て、盛大に洟《はな》をかんだ。数回ぬぐったあと、真っ白ではなくなった布をその場に落とす。

見あげると、ロークがスプレー缶のノズルをこちらの顔に向けていた。治療プラズマを目に入れられてはたまらない。かれは缶をもぎとり、ぶつけて腫れあがった鼻を自分で治療した。痛みが驚くほどすぐに引いた。

「よし!」と、スプレー缶を衛兵に押しつける。

ロークはそれを袋にもどすと、身をかがめてうなだれ、震えながら〝領主判事〟に自分の武器をさしだした。

「まぬけ!」と、マローダー。「とっとと失せろ! いや、待て! その前に、グレイ議場の入口はどこだ?」

ロークはからだを起こして周囲を見まわし、鉛板でできているように見える巨大な一ゲートを震える手でさししめした。

「あ、あそこです、閣下！」と、口ごもる。

マローダーは鷹揚《おうよう》にうなずき、

「ごくろうだったな、うすのろ」と、親しげにいった。「行ってよし！」

いわれるまでもなく、衛兵は消え去った。あわてたのか、武器をとりもどすのも忘れて。マローダーはそれをマントの襞のなかにかくすことにした。目につくところに武器を持ったまま、ほかの領主判事たちがいるかもしれない議場に入るのは無作法だろうと思ったのだ。

〝鉛板ゲート〟が自動で開く。だが、そこにあったのはグレイ議場ではなかった。壁の両側に武器の発射口がならぶ回廊を、まずは抜けて進んでいくようになっている。マローダーはさっきのロークみたいに大汗をかきはじめた。脳波パターン走査機とかその類いの装置がいきなり飛びだしてきて、身元が判明してしまったらどうしようと思うと、気が気じゃない。

だが、さいわい大丈夫だった。あるいはシヴァがそうした可能性を考慮していたのかもしれない。なにごともなく回廊を通過し、第二の〝鉛板ゲート〟がある突き当たりまで到達。マローダーは護衛隊と歩いていたときのテンポをたもったまま、巨大な一ホールへと足を踏み入れた。天井までの高さはほぼ二十メートル。鉛色の壁には浮き彫り模様が見える。

その中央に、円形の金属テーブルがひとつ置かれていた。直径はテラのサッカー場のセンターサークルほどもあり、色はもちろんグレイだ。金属製シートが六脚、テーブルをかこんでいる。一シートのそばに、グレイのフードつきマントを身につけた人物がひとり、こちらに背を向けて立っていた。

「おい！」力強い声で、もとアストラル漁師は呼びかけた。相手の領主判事がこちらを向いたら、顔が見えるだろうと思って。

相手がゆっくりと振り向く。

「ドリッス！」マローダーはつい口にした。これはテラの方言で、母船の食堂長がよく使っていた悪態のひとつである。ジュップというのだが……方言でなく、食堂長の名前だ……その口癖が思わず飛びだしたのは、テーブル近くの領主判事がスクリーンで見たライークと寸分たがわず同じ顔だったからだ。

ヒルダはこれを通訳しなかった。方言まではプログラミングに入っていないので。

相手の領主判事はおもむろに〝にせ〟領主判事を頭のてっぺんから爪先までじろじろ眺めわたし、だみ声でいった。

「いいかげんにわきまえろ、ライーク。わたしの名はトレッスで、ドリッスではない」

「わかったわかった！」マローダーは急いで答えた。「もう二度とまちがえないから、親愛なるドリ……ええと、トレッス」

相手の目が意地悪くきらめく。

「ぜひそう願いたいものだ、ライーク。それと〝親愛なる〟もやめろ！　わたしは親愛なる存在ではない、きみにとってもほかの者にとっても」

マローダーは手を振って、

「やめると約束する。ところで、ほかの者はまだきていないのか？」

「わたしがいるぞ！」背後でだれかの声がする。

マローダーははっとして振り向いた。また悪態が口をつきそうになり、あわててこらえる。この新参者の顔もまた、トレッスやライークとまったく区別がつかないのだ。

「ああ、きみか！　わたしはモジャ……」そこできまり悪そうに咳ばらいして、「いやいや、ちょっとした冗談だ。ははは！」

こんどはヒルダがちゃんと通訳した。それでも相手は放心したようにこちらを見つめるだけだ。

「ライークときたら、また欲にかまけて覚醒クリスタルを吸引したらしい、クラルト」

トレッスが憎々しげにいった。「グレイでないことばかり口にしている」

覚醒クリスタル！　マローダーはひらめいた。ライークの〝白粉コンパクト〟に入っていたのはそれか。あの男、幻覚剤を吸引してたんだ！

「ちがう！」かれはトレッスの言葉を否定しながら、内心では新参者の名前がわかったのでほっとしていた。ロークの話だと、クラルトという男は哲学を好むそうだ。そのため、弱腰だという悪評ふんぷんらしい。

「グレイ作用が不安定になるような言動はつつしんでもらいたい、ライーク！」クラルトが注意する。

「わかった」と、マローダー。

クラルトは咳ばらいすると、トレッスに告げた。

「じつは、わたしときみ以外の全領主判事を境界山地に向かわせ、通行路の監視部隊を視察してもらおうと思っていたのだが」

「それはわたしも考えた！」トレッスがだみ声をあげてマローダーに憎悪の視線を向け、「だが、学者というのは軍規をまったく遵守《じゅんしゅ》しないからな」

マローダーはにらみかえしたが、反論はしない。トレッスは根っからの無鉄砲者だと、ロークがいっていたのを思いだしたのだ。一兵卒の目から見てもそうだから、この男は生粋《きっすい》の軍国主義者なのだろう。

「もめごとを起こしたくはない」クラルトがつづけた。「領主判事が戦場におもむくのは、基本的には場ちがいだ。本来はここで戦略を練るべきなのだから」

「そのためにわたしがいるではないか！」と、トレッス。

「もちろんきみは専門家だとも、トレッス」クラルトがなだめる。「だが、議決するには本来、領主判事の全員がグレイ議場に集まらなければならない。ライークがやってきたのだから、フフリー、ジョルケンロット、ストークラークも呼びよせるべきではないか。どう思う？」

「かれらはいつものらくらして、われわれの貴重な時間をむだにする」トレッスは文句をいった。「とはいえ、規約で決まっているのだからしかたあるまい」

「では、全員集合だ！」マローダーはそういったものの、冷や汗が出た。ほんもののライークがこの呼びかけを通信で聞いていて、グレイ議場にやってきたらどうしようと思ったのだ。そこで、「ただし、ライークはそこにいていい！」と、急いでつけくわえる。そのあと、ひそかにうめいた。これじゃ事態がもっと悪くなる。とほうにくれて、またつけくわえた。「いまのはもちろん、わたしがここにとどまるという意味だ。つまりわたしはもうここにいるのだから、呼びよせる必要はないということ。というわけで、領主判事は全員、城郭に集合だ……わたしをのぞいて！」

「クラルトとわたしものぞいてだぞ、当然だがな」トレッスが意地悪くいう。

「当然だ」マローダーはむっとした。

「幻覚剤の容器をわたすのだ、ライーク！」クラルトがマローダーに手をさしだした。

マローダーはこれさいわいと、その手に容器を力まかせに置いた。〝ぱしん〟と音がする。クラルトが痛みに顔をしかめたのを見て、内心ほくそえんだ。

「わたしが指示を出してこよう」哲学者はそういうと、踵《きびす》を返してグレイ議場を出ていった。

「くそいまいましい！」マローダーはがなりたてた。「われわれ、ここで口をぽかんと開けたまま待たされるわけか。あと三名の到着が遅くなりそうなら、食堂に行ってなにかひとつまんでこよう。腹が減って死にそうだ。きみもいっしょにどうかね、トレックス？」

もちろん、自分ひとりで食堂を探せそうにないから訊いたのであって、親切心からではない。だが、トレックスはなにもいわずにこちらをぼうっと見るばかり。ヒルダが通訳ミスをしたのかと、マローダーはいぶかった。

「かれらがここにくるまで、時間がかかるのでは？」と、たずねてみる。

「転送機がある」と、トレックス。それですべて説明したといわんばかりだ。おそらく、領主判事にとっては自明のことなのだろう。

たしかに数分もすると、クラルトがのこりの三名を連れてもどってきた。困ったことに、マローダーにはどれがクラルトか判別できない。会議のあいだにそれぞれの名前が話にのぼることを期待するしかあるまい。とりあえず、しばらくは様子見といくことにしよう。

ほかの者がみな席に着くのを、慎重に待つ。最後にひとつのこったシートが、かれの……すなわち領主判事ライークの席ということ。マローダーはそこに用心深く腰かけた。むきだしの金属シートはさぞ冷たいだろうと、身がまえながら。

ところが、心地よい驚きを味わうことになった。まるでストーブベンチのように温かい。領主判事たちは贅沢にも温熱シートを使っているわけだ。

「これはなんと！」マローダーはいたずらっぽく一同を指さし、皮肉を飛ばそうとしたが、さっきクラルトに冗談をいったときの反応を思いだしてこらえた。グレイ生物ってやつらはユーモアのセンスが皆無《かいむ》らしい。その雰囲気が伝染してはいないかと、マローダーは自分の内部に探りを入れた。結果は……いまのところ……ネガティヴ。グレイになったと思うような要素はない。

トレッスが叱責するような目でかれを見る。それから咳ばらいして、声を張りあげた。

「グレイ議場の会議をここに開催する。まずはクラルトから報告してもらおう」

マローダーは拍手しようとしたが、すんでのところで思いなおした。

クラルトの報告がはじまるより先に、トレッスがふたたび咳ばらいしてつづけた。

「だがその前に、わたしの立案によるスタルセン、ムータン、シャツェン掌握作戦が成功裏に終わったことを伝えておきたい。期待どおりの成果があがり、これら三領域はすべて完全にグレイ化された」

「そんなのは時間の問題だったんじゃないか」べつの領主判事が口をはさむ。「そもそも、今後はもっときびしく介入しなくてはなるまい。深淵の地におけるモットーは〝グレイになるか、さもなくば死を〟とするべきだ」

「いつもながら度をこしているぞ、フフリー」だれかが非難した。たぶんクラルトだ。

「わたしにはトレッスによる作戦の成果をけなす意図はない。しかし、すべての道は通じている……ええと……」

「ローマに！」と、マローダー。クラルトがいいよどんだように見えたので、助け船を出したのだ。

「ローマ？」クラルトが訊きかえす。疑うように〝領主判事ライーク〟を見て、「なにか提案したいことでもあるのか？」

「とんでもない」マローダーは後悔した。またへまをやってしまった。「ただ、きみたちのくだらんおしゃべりが神経にさわるのだ。わたしは神経をやられると、ついおかしな言動に出てしまう」

「それはまったく避けたいところだな」クラルトが皮肉をいう。「ええと、話をもどそう。つまり、わたしはあらゆる暴力を否定するつもりは毛頭ないが、武力よりも論拠の力に信をおいているのだ。よりよい思慮を目ざめさせるための示威行動として武器を使うというなら話はべつだが」

「グレイ生物にしては悪くない考え方だ」マローダーはそういってしまい、思わず唇を嚙んだ。

「論拠だと！」またべつの領主判事がばかにしたように、「きみのいう深淵哲学とやらはただの美辞麗句にすぎない。力がすべてだ。結局のところはきみもそう思っているんじゃないのか、クラルト」

「たのむから冷笑的になるのはやめてくれ、ジョルケンロット！　その懐疑主義でわたしの名声を葬ろうとするつもりだろうが、そうはいかない」

クラルトは痩せた手をこぶしに握り、勝ち誇ったように揺らした。

「きみたちにしめしてみせよう、武力よりも論拠の力がまさるということを！　そのための一歩はすでに踏みだしてある。わたしは深淵の騎士三名に提案したのだ、グレイ議場の議席を用意すると。かれらのゴンドラがヴァジェンダの近くで破壊されたあと、行方を探しあててな」

かれはその先をつづけることができなかった。会議の場がいきなり叫び声で満たされ、エルトルス人でも自分の声が聞きとれないほどの大騒ぎになったのだ。クラルト自身と、もちろん〝ライーク〟をのぞいて、全員がまるで躁狂発作に見舞われたようなありさまだった。

この喧噪のなか、マローダーは考えをめぐらせていた。〝深淵の騎士〟という言葉に心を揺り動かされたのである。生活の場もアストラル漁師としての仕事場も宇宙ハンザの影響域からはなれたところにあったものの、宇宙ハンザやGAVÖKや自由テラナー連盟にまつわる事実の多くは耳にしていた。だから、ペリー・ローダンとジェン・サリクとかいう男が深淵の騎士であることは知っている。そのふたりが宇宙に存在する最後の騎士であることも。

だけどクラルトは、深淵の騎士〝三名〟といったぞ！

その三名のなかにペリー・ローダンとジェン・サリクがいることは予想がつくが、それ以上はわからない。

しかし、これは状況が決定的に変わったことを意味しそうだ。これまで自分は、孵化基地のペド転送機によって二百の太陽の星からはるか遠くはなれた場所に投げ飛ばされたと考えていた。人類からも銀河系諸種族からも引きはなされ、もう二度と人間に会えることはないだろうとあきらめていた。

だが、ペリー・ローダンとジェン・サリクがこの深淵の地にいるのなら、ここは銀河系からそう遠くないのかもしれない……ほんとうにふたりに会えるチャンスもあるのではないか。

騒ぎがようやくおさまってきたのを見はからい、マローダーはシートから立ちあがって声を張りあげた。

「クラルトの一歩を誤りと決めつけるのは早計だと思う。むしろ、われわれ、かれを積極的に支えるべきだ。わたしはいつでも協力の用意がある。次にペリー・ローダン、ジエン・サリク、三人めの深淵の騎士と話し合う機会があれば、ぜひ参加したい」

「敗北主義者め！」トレッスがののしった。

「なんて弱腰なんだ！」ファリーも尻馬に乗る。

ところが、思いがけない方向から支持者があらわれた。懐疑主義者のジョルケンロットだ。

「どんな手段でもまったく関係ない」と、ジョルケンロット。「重要なのは結果だ。深淵の騎士たちがこちらの説得を聞いて抵抗をやめるのなら、それを考慮しない理由はないはず！」

「原則としてはそうだが」マローダーがまだ名前を知らない領主判事が発言した。これまでにここで言及されていないのはただひとりだから、ストークラークにちがいない。

「ただ、事実を逸脱してしまうのはまずいだろう……つまり、深淵の騎士三名の名前がアトラン、ジェン・サリク、テングリ・レトス＝テラクドシャンだという事実を。ペリー・ローダンとかいう名前は聞いたことがない」

「たしかにそうだ」トレッスが賛成する。「ペリー・ローダンという深淵の騎士はいない。またライークの妄想か」

「いつものようにな」と、クラルト。自分の独断専行から話題がそれたことで、ほっとしているようだ。「とはいえ、わたしはライークの提案を受け入れたいと思う。かれの専門知識と経験は役にたつだろうから。じつは、騎士三名を連れて転送機で深淵の地を周遊し、グレイ生物の優越性をかれらにしめしてやろうと考えているのだ。だが、近ごろではあちこちの転送機ルートに不具合が見られる。不安定なルートをライークに調べさせ、場合によっては調整しなおしてもらおう。とにかく、この分野でかれの右に出る者はいないのは明らかだ。ジャシェムが設置した転送機システムをすべて把握しているのだから」

ギフィ・マローダーは首を縦に振り……そこで気づいた。いわれたような専門知識と経験を持つのは自分でなく、ほんものの領主判事ライークのほうだと。マローダー自身は、多少ハイパー物理学の知識があるとはいえ、転送機ルートの不具合を調整しなおすなんてできるわけがない。それは、宇宙船の航法を靴磨きロボットにまかせるようなものだ。

「クラルトの案に賛成する」トレッスがいった。「ただし、前提条件がある。深淵の騎士たちに、光の地平に行って時空エンジニアとコンタクトするのを思いとどまらせることだ」

「約束しよう」と、クラルト。

「もしうまくいかなかったら、深淵の騎士三名は亡《な》き者となる！」フフリーだ。

「うまくいくさ」クラルトはそういって立ちあがった。「わたしはすぐにヴァジェンダに引きかえす。ライークもいっしょに。ずいぶん憂鬱に見えるな、ライーク。なにを考えている？」

「なにも！」マローダーはあわてて答えたが、不安で胃が引っくりかえりそうだった。

「同行するのがじつに楽しみだ」

8

自由エネルギーに似た金色の霧が湧きたち、ゴーストタウンとガラス迷宮の境界にまで押しよせていた。

ほかの建物と同じくさびれて見える、五階建てビルがある。われわれがゴーストタウン・ゾーンから逃げだしたあと、その中庭のすみに、靴箱ほどの大きさの黒い金属物体が降下してきた。ホルトの聖櫃だ。

わたしはジェン・サリク、テングリ・レトス＝テラクドシャンとともに、聖櫃のあとを追った。オービター三名、カグラマス・ヴロトとフォルデルグリン・カルト、敗走した駆除者も数名ついてくる。

全員、防御バリアは解除したが防護服は閉じたままにして、外側マイクロフォンの音量を絞っていた。周囲でひっきりなしに爆発が起きるし、ビームが命中してなにかが砕ける音があたりに満ちている。何千という戦闘マシンが地上を揺るがし、上空では戦闘グライダーが弧を描いていた。

グレイ軍団が進撃を開始したのだ。

地雷その他の防御兵器でかなりの損失を出したとはいえ、もともと数が多い相手にとってはたいした被害ではない。それでもかれらは物的損失を食いとめるため、戦術を変更していた。

駆除部隊をふくむわれわれが去った四時間前から、ゴーストタウン・ゾーンをミサイルやグライダーで集中爆撃し、そこにのこされているものを戦闘マシンや戦闘グライダーのビーム兵器でことごとく粉々にしたのだ。当然ながらこの攻撃によって、駆除部隊が敷設した防衛網も全滅となり、戦闘マシンが地雷の上を通過することはほとんどなくなった。

ゴーストタウン・ゾーンにいたロボットも……いればの話だが……すべてスクラップになった。とはいえ、グレイ軍団はつねに限定された範囲を攻撃し、早めに切りあげたので、充分な数のマシンが難を逃れている。テラナーたちが好む表現を使うと、こちらに〝地獄の責め苦を味わわせる〟には充分だ。

不思議なことに、われわれは駆除部隊ほどひどく攻撃されはしなかった。われわれというのは、わたしとレトスとジェンのこと。これはおそらく、そばにホルトの聖櫃がいるからだと確信している。これまでのところ、聖櫃はまったくロボットたちにわずらわされていないのだから。

しばらく多種多様な騒音に耳をすませたあと、わたしは身を低くして中庭の門道を急いで通りすぎ、ガラス迷宮の境界に向かった。

巨大なクリスタル建造物がいくつも建ちならび、見わたすかぎり自由ヴァイタル・エネルギーが解きはなたれている。建物のあちこちに色とりどりの光が踊り、まばゆくきらめいて、わたしは思わず目をすがめた。

ジェン・サリクが隣りにきた。

「すぐなかに入らないと」ヘルメット・テレカム経由でそういい、ガラス迷宮のほうを見てうなずく。「つむじ風とレトスはヴァジェンダの守護者にテレパシーでコンタクトしています」

「こちらは通信で連絡がつくかためしてみよう」わたしは応じる。そもそもルラ・スサンにテレパシー能力があるかどうか、わからないからだ。

「そうですね。わたしは見張りを引き受けます」

わたしが心おきなくティランを調整してルラ・スサンへの通信手段をあれこれためせるよう、サリクは銃を発射モードにして建物の壁にもたれ、五階建てビルの周辺を監視した。まずなによりも気をつけて見張るべきなのは、われわれがやってきた方角だろう。〝仕事熱心な〟ロボットもグレイ軍団の先遣隊も、その方角からあらわれる確率が高いから。

十分後、わたしはあきらめるしかなかった。あらゆる手段を試みたが、ヴァジェンダの守護者に連絡をとることはできない。

暗い気分でもう一度、色とりどりのクリスタルが織りなすぎざぎざの国を見わたした。迷宮からは、相いかわらず自由エネルギーが放出されている。いずれ、あそこに入っていくことになるだろう。敵軍団のローラー作戦にやられるのを座して待つわけにはいかない。

ふたたび領主判事クラルトのことを考える。あの男がわたしとサリクとレトスをグレイ生物にして味方につけようと、本気で考えているのは疑いない。われわれのゴンドラを撃墜したあと、グレイ勢力について弁舌さわやかに説明し、こちらを納得させようとしたのだから。

むろん、われわれ深淵の騎士がグレイ領主の仲間になるなどありえない。時空エンジニアが失策をしでかし、犯罪に当たるような行動をとったというのは事実の部分もあるかもしれないが、こちらが敵方に寝がえることはけっしてない。いわゆるグレイ生命は、宇宙の自然な状態からかけはなれた存在だ。

ただし、領主判事クラルトの出方を利用するというなら、話はちがってくる。かれがこちらの〝転向〟を望んでいるうちは、なにがなんでもわれわれを亡き者にせよという流れにはくみしないはず。わたしの推測では、あの男は仲間内に敵対者をかかえているように見えた。それに関する悩みもあるのだろう。だからわたしとサリクとレトスを、グレイ領主たちの会議が開かれる場所……グレイ議場に連れていこうというのだ。無私の誠意による招待などではない。

深淵の騎士三名と同盟を結べば、仲間内の敵対者が陰謀をめぐらすのを阻止できると期待しているのはまちがいあるまい。だったら、クラルトに飴をしゃぶらせよう。つまり、こちらを手中におさめたいとの願いを少々かきたててやるのだ。

どうやればうまくいくか、あれこれ考えをめぐらせていると、骨身にこたえるようなインターヴァル兵器の発射音がすぐ近くで断続的に聞こえてきた。駆除者たちだ。音はたちまちはげしさを増し、ダンテの『神曲』地獄篇もかくやというクレッシェンドが押しよせてくる。

わたしはルラ・スサンとの通信コンタクトをためしていたティランの仕様を、ヘルメット・テレカムに切り替えた。

「どうした?」と、ジェンに訊く。友は建物の壁の角をまわりこんで門道の出口までやってきていた。

「掩体を!」返事のかわりにジェンは叫び、身を低くした。

わたしもすぐさま地面に伏せる。あらかじめ考えての行動ではない。狂気の冒険をくぐりぬけてきたおかげで鍛えられた肉体が、脳からの指示を待つことなく即座に反応したのだ。まるで、それ自体がひとつの生物であるかのように。

むろん、わが脳が役たたずだといいたいわけではない！　ある特定の危機的状況においては、脳からの命令を先どりした肉体がみずから意識を……すなわち脳を救うということ。

とはいえ、精神崩壊にいたることなくその状態を長くキープできるのは、ひとえにわたしが細胞活性装置保持者だからだ。また、たとえ活性装置を保持していても、神経過敏状態におちいりたくなければ、いずれ休息して回復につとめることが必要になってくる。

ともあれ、わたしが地面に伏せたとたん、ティランの外側マイクロフォンがとどろきわたる騒音をひろった。よく知っている音だ。一戦闘グライダーがどこか近くに墜落してくる。

ふつうに考えれば、グレイ軍団のグライダー一機だと思うところである。しかも、これまでヴァジェンダ上空を飛んでいた戦闘グライダーの例からすると、マシンによる完全自動操縦のはず。それでもわたしは、なにかがちがうと感じた。もろもろの付随事情を考慮した結果、次の瞬間、ある決断にいたる。

「乗員がいるかもしれない。爆発でこっぱみじんになる前に救出しよう！」と、ジェン・サリクに叫んだ。

「了解！」友が簡潔に応じる。

こちらの考えを瞬時に理解したのだ。いつものごとく。

＊

わたしは地面に伏せたまま、からだの左側を壁にくっつけた状態で、墜落にともなう騒音がやむのを待った。じきに機体が見えるようになるだろう。そのあいだ、ティランの探知結果をヘルメット・ヴァイザーの内側スクリーンに表示させておく。緊急事態が生じたさいに防御バリアを展開するタイミングを見はからうためだ。万が一、自動的に作動しない場合にそなえて。

グライダーがあらわれたときに目視できたのは、火を噴きながら五階建てビルの上空をかすめるひとつの影だけだった。しかし、探知映像は双胴グライダーの姿をとらえている。二基あるエンジンのうち、一基だけが燃えているということ。それがずっと不時着を成功させようとがんばっている。

わたしはからだを起こし、飛び去っていくグライダーを目で追った。機体はゴーストタウン・ゾーンとガラス迷宮のあいだで数秒間ローリングしたのち、左に急旋回すると、無傷なほうのエンジンを使って制動機動にかかる。それから、うまく軟着陸した。小山ほどの大きさがあるクリスタル構造物ふたつのあいだ……ガラス迷宮のなかに。

きしみ音をたてながらさらに数メートルほど滑走して、ようやく停止。

門道のほうから駆除者が三名、飛んできた。膝をついて射撃姿勢をとり、グライダーに向けて〝笏《しゃく》〟をかまえる。機体の右エンジンからは、ものが焼けるような音がまだ聞こえている。

わたしは急いで立ちあがると、両手をあげて叫んだ。

「待て、撃つな！」

駆除者たちはためらいつつ、武器をおろした。

「生命体が乗っている可能性がある」わたしはそういったが、説明不足かもしれないと思い、つけくわえた。「それに、ルラ・スサンのいるところで武器を使うのはやめたほうがいい。挑発行為と受けとられかねないから」

この論拠には駆除者たちも納得したらしい。ひとりがたずねた。

「もし乗員がいるようなら、捕虜として拘束しましょうか？」

「いや、それはわたしとジェンが引き受ける。きみたちは境界をこえるな。万一のさいには援護射撃をたのむ！」

わたしはテラナーに目配せすると、ガラス迷宮めがけて走った。ジェンがついてくる。なににも妨げられることなく、ふたりしてグライダーまで到達。

操縦室のハッチがゆがんでいるのがすぐに見てとれた。おそらく炎と熱で変形したのだろう。だが、エンジンはすでに消火されている。わたしは銃を二発撃ってハッチを破壊すると、用心しながら後退した。

最初に出てきたのは、ふらつきながら歩く二名の姿だった。ほぼヒューマノイドだが、頭部は人間の頭というよりテラのサッカーボールみたいだ。

二名のうしろから、みじかい二本脚と長い四本腕を持つ一生物が出てきた。からだは宇宙服につつまれているので一部しか見えないが、顔は昆虫のもの。この昆虫生物が四番めの乗客を引きずってくる。その姿を見たとき、わたしは頭のなかでベルが鳴ったような気がした。

テラナーにちがいない……正確にいうと、植民地テラナーだ。つまり、テラナー入植者の子孫ということ。かれらの居住惑星はいくつかの点でテラと異なるため、数世代後の子孫の遺伝子はその環境に適応したものになる。

その乗客は人間だとすると中背で、痩せており、肌はすこし金色がかった明るい赤褐色だ。やはりすこしグリーンがかった黒い髪はもじゃもじゃで、奔放に耳までかぶさっている。目はやや細く、瞳は金色。非常に目立つ鉤鼻は、何世代も遺伝してきたものだろう。この点に関してはよく知っている。

人間であるはずはない。しかし、かれが着用しているのはテラ製のセラン防護服だ。これが決定的な証拠となった。

「まさか。ありえない！」サリクがヘルメット・テレカムで驚きの声を伝えてくる。

わたしは男に手を振り、インターコスモで話しかけてみた。

「ハロー！　友よ、きみがいまいるのはルラ・スサンの領地だ。われわれについてきてくれ。境界のところまで後退したほうがいい」

相手は肩をそびやかし、ばかにしたような目でわたしをねめつけると、

「おまえの言葉はまったく理解できないが」と、深淵スラングで応じた。アルマダ共通語の親戚ともいえる言語だ。「知らないなら教えてやろう。わたしは領主判事ライークだ。おまえたちは深淵の騎士だな。服従を命じる！」

「ずいぶんぶしつけだな」と、サリク。「それに、この男はグレイの領主じゃない。テラナーですよ」

〈だったらなぜ、インターコスモを理解しないのだ？〉論理セクターがささやく。

「ものごとには、AでないならBだといえない場合がある」わたしはサリクの意見に答えた。「われわれも、もしクラルトの要求に屈していたら、いまごろグレイの領主になっていたかもしれない。だがそれでも、インターコスモを忘れることはなかったはず。つまり、なにか妙なことが起きているのだ」

こんどは英語を使ってみた。だが、人間の姿かたちをしながら領主判事と名乗る相手は、やはりひと言も理解できないようだ。

「このふたりを拘束して捕虜にせよ！」と、同行者たちに命令している。

かれらは命令にしたがった……よせばいいのに。というのも、わたしとサリクの援護を引き受けていた駆除者三名がこれを危険な攻撃ととらえ、発砲したのである。さいわい、笏をあらかじめパラライザー・モードにしてあったので、領主判事の同行者たちは麻痺して引っくりかえるだけですんだが。

「形勢逆転だな」わたしは深淵スラングを使ってきっぱりいった。「こんどはきみがわれわれの捕虜になる番だ、領主判事ライーク」

〝グレイの領主〟は見るからに不機嫌になり、身をひるがえしてガラス迷宮の内部へと駆けだした。そのさい……まったくの偶然ではあるが……非常に巧みな動き方をした。最初はかれと駆除者たちのあいだにわたしとサリクがいて、そのあとはグライダーをはさむような格好になったため、駆除者は発砲できなかったのだ。危機感をいだかせない外見のせいか、サリクとわたしの反応も遅すぎた。

かれは立ちどまることなく、ガラス迷宮のさらに奥へ進んでいった。それを見て、わたしは心を決めた。パラライザーで麻痺させよう。あの男がルラ・スサンに手出ししてはまずい。

ところが、わたしが武器をかかげたそのとき、鋭い破裂音が二回、鳴りひびいた。瞬間的に地面に身を伏せた。この音なら太古の昔からよく知っている。だれかが弾丸を使った攻撃に出たのだ。

ジェン・サリクがすこし遅れて防御姿勢をとった。弾丸でもエネルギー・ビームと同様の殺傷能力があることを、わたしほどには実感できなかったらしい。さいわい、弾がかれに命中することはなかったが。

〝グレイの領主〟はこちらが地面に伏せたさい、視界から消えていた。わたしは身を低くした体勢のまま、男が両腕を高くあげて、マリオネットのようによろめくのを見ることになる。それでも、もうかれを救えないことはわかっていた。このようにして人が死んでいくのを、いままであまりに多く見てきたから。ののしり文句を歯のあいだで嚙み殺した。いったいなぜ知性体は、いつの世も自分たちの歴史を血と涙で綴《つづ》るしか能がないのだろうか？

防御バリアを張り、上半身を持ちあげてみる。そのとたん、弾がエネルギー・カバーに当たってはねかえり、爆音が響いた。ほぼ五十メートルはなれたところに家ほどの大きさのこぶし形のクリスタル構造物がふたつあって、その隙間を黒っぽい影がひとつ、すばやく動いているのが見えた。

迷わずパラライザーを発射。影は引っくりかえり、身をこわばらせて地面に倒れる。黒っぽい影がさらに三つ四つ、近くのかくれ場からあらわれ、めちゃくちゃに走りまわった。こんどはサリクと駆除者が麻痺ビームを見舞う。最後の影が一回転して硬直し、どっと倒れた。

この瞬間、ボンシンとテングリ・レトス＝テラクドシャンがわたしとサリクのあいだに実体化した。

「大規模攻撃だ！」と、レトス。「ロボットがまちがえて、グレイ生物に反撃してしまったのだ。ロボットたちは殲滅され、グレイ軍団が大規模攻撃を開始した。突撃隊の先頭にいるのは知性体だ」

それですべてが読めた。

ほんの一瞬、ロボットに対する同情の念が浮かんだが、たんなるマシンなのだと思いいたる。しかし、グレイ軍団の突撃隊が駆除部隊と遭遇したなら、ほんとうに同情ものだろう。むろんグレイ軍団はどこまでも優勢だから、こうした争いの結果がどうなるかは明らかだとはいえ、駆除部隊もじつに仮借ない戦い方をする。数千の相手を死にいたらしめるかもしれない。

無意味な死に。

「大駆除者はどこにいる？」わたしは急にさめた気分で訊いた。

「あそこを飛翔しています」と、サリクが答える。「われわれを援護していた駆除者三名といっしょに」

振りかえったそのとき、大駆除者がわたしのほうにやってきて、そばに着地した。

「整然とガラス迷宮に後退するよう、駆除部隊に伝えろ」と、わたし。「突撃隊に対してはパラライザーのみを使用するのだ」

「それではなんにもならない！」大駆除者が抗議する。「攻撃者は防御バリアを張っているから」

「かまわん！　これは領主判事クラルトの戦略だ。わたしが躊躇《ちゅうちょ》すると知っていて、あきらめさせようというのだろう。だが、あきらめはしない。われわれ、できるだけ密なフォーメーションを組み、ガラス迷宮のなかへ進む」

「そうすると、ルラ・スサンが影法師軍を送ってきますよ」サリクがいい、唇を引き結んだ。

「それも一種のコンタクトだ」

この言葉を聞いて、友にはわたしの考えていることがわかったようだ。

同じく大駆除者も……すくなくとも、こちらの決意が変わらないことは見てとったらしく、テレカムで部下たちに指示を出す。すぐにゴーストタウン・ゾーンのいたるところから白服姿の巨人がぞろぞろあらわれ、ガラス迷宮のなかへ吸いこまれていった。

わたしも駆けだし、まずは倒れた〝領主判事ライーク〟のもとへ向かった。助けられるかもしれないと考えたわけではない。それは無理だと知っていた。ただ、かれがどういう出自の者かわかればいいと思ったのだ。

もしや、ほんとうに人類世界からきたのかもしれない！

だが、近くに行ってみると唖然として、思わず膝をついた。相手がグレイの塊りになっていたのである。フードつきの長いマントにかくれた楕円形の顔、動かない大きな黒い目……

まちがいなくグレイの領主だ。おまけに、領主判事クラルトとほぼ同じ外見をしている。

しかし、わたしはたしかに一テラナーが倒れるのを見たのだ。それが数分後にはグレイの領主になっていた。こんなことが起こりうるのか？

〈魔法だ！〉付帯脳がコメント。

そうは思いたくない。とても納得できない。この謎を解くかんたんな答えがきっとあるはず。

とはいえ、いつものごとく、集中して考える時間はなかった。

ゴーストタウン・ゾーンとガラス迷宮のあいだの境界に、グレイ軍団の先遣隊がすでにあらわれている……

9

領主判事クラルトとともに城郭を去ったギフィ・マローダーは、山要塞の転送機ドームのひとつに向かいながら、考えをめぐらせていた……アトランに、ジェン・サリクに、テングリ・レトス＝テラクドシャンか！

もちろん個人的な知り合いではないが、三人とも知っている。銀河系のはるか彼方で仕事をしているからといって、もとアストラル漁師もペルウェラ・グローヴ・ゴールもそれほど孤立していたわけではないのだ。ときには、宇宙の反対側での出来ごとや人物に関する話がとどくことだってある。

いちばんよく入ってくるのはアルコン人の話題だった。ジェン・サリクは名前だけ知っている。深淵の騎士だという話も。アトランが騎士だと聞いたことはないものの、かれなら基本的になんでもありうるだろう。テングリ・レトス＝テラクドシャンについては……〝テラクドシャン〟というのがすこし引っかかる。光の守護者の名前はテングリ・レトスだと、ずっと思っていたから。だが、自分の知識に穴があることはわかっている。それもしかたないのだ。第一に、人生の一時期の記憶が抜け落ちていて思いだせないし、第二に、宇宙の遠くはなれたところからアストラル漁師の仕事場までとどく情報なら大きな抜けがあって当然だろう。

クラルトに鋭く呼びかけられ、マローダーははっとした。

「なにをぼうっとしている、ライーク？」と、非難がましい声。「転送機ドームはここだぞ」

もうすこしでドームを通りすぎるところだったのだ。もっとよく考えて行動しようと決心する。〝領主判事ライーク〟たる自分が敵陣のなかにいることを、かたときも忘れてはいけない。

「敵陣？」と、ポジトロニクスがささやく。「どういう判断基準からグレイ領主を敵だとみなすのですか？」

「理由ははっきりしてるじゃないか」マローダーは憤慨して、「ラーチがかれらの前から逃げだしたんだし、グレイ領主たちはアトランやジェン・サリクやテングリ・レトスを相手に戦っているんだぞ。疑いの余地はない」

「なにをしゃべっているのだ？」クラルトが訊いた。「まったく理解できないが」

「それはそうさ」マローダーはよく考えもせず答える。「インターコスモを使ったし、ヒルダが通訳しなかったから」

クラルトは文字どおりかたまった。目がおちつきなく泳いでいる。〝同僚〟の頭が完全におかしくなったのだと、不安になったらしい。

「おちつけよ！　ほんの冗談だ」マローダーはそういうと、転送機ドームの土台部分にあるいちばん近いドアをさししめした。「さ、行こう！」

ふたりはドアを抜けて反重力シャフトで上昇し、まもなく多数ある転送室のひとつに着く。ところが、なかに入ろうとしたところ、五名のグレイ領主に行く手を阻《はば》まれた。といっても、敵対的行動というのではない。五名が転送室でなにか作業していたのだ。奇妙なかたちのロボット二体が助手をつとめている。グレイ領主たちの顔はわからない。フードのなかにはグレイの霧が渦巻くばかりだ。下位階級の領主なのだろうと、マローダーは結論した。

「ここでなにをしている？」クラルトが不機嫌に問いただした。

「無資格者が転送室を悪用したのです、閣下」と、一領主が答える。

「無資格者？」クラルトはくりかえした。わけがわからないらしい。

だが、マローダーはある予感をいだいた。だれが無資格で転送機を悪用したのか、わかった気がする……それですこし気分がよくなった。

「映像記録は調べたのか？」と、クラルト。

「は、閣下」下級領主はそういうと、アームバンド装置のセンサー・ポイントにタッチした。「ロボットが映像を保存しています」

ロボット一体のボディ側面にスクリーンがあらわれ、ワシミミズク頭の一生物の映像がうつしだされた。頭部以外のからだ全体は黒い毛でおおわれ、足もとは真っ赤なハイヒールを履いたように見える。パンツを兼ねた黄色い腰ベルトをつけている。もうまちがいない。

「ラーチ！」と、マローダーは思わず口にした。

クラルトがいぶかしげな視線を向けるが、また目をそらした。もう領主判事ライークの〝どっちらかった言動〟にいちいち興奮するのはやめたようだ。かわりに、さっきの下級領主に訊く。

「この生物がどういう深淵種族の一員か、確認したか？」

「確認しようとしたのですが、まだできていません。こちらで登録ずみの深淵種族には属していないようです」

「ばかな！」クラルトはどなりつけた。「われわれはすべての深淵種族を登録している。例外はありえない。もっとよく調べるのだ！　だがその前に、わたしとライークのために道をあけろ！」

下級領主五名とロボットがしたがう。

クラルトと〝ライーク〟は転送室に入った。深淵の地ではドームにある転送機をどうやってプログラミングしているのか、どういうメカニズムで作動するのか、マローダーにはまったくわからない。だが、質問してぼろが出るといけないので、訊きたい気持ちを押しこめる。

うなじを軽く引っ張られるような感じがしたと思うと、ふたりはもう目的地に着いていた。

転送室を出ようとしたそのとき、背後の壁でテレカムが鳴って、マローダーは立ちどまった。クラルトが踵を返し、壁に歩みよってスイッチを入れる。すぐにテレカムから声がした。

「不気味な現象が観測されました、閣下。おふたりが転送機を通過したさい、あなたの映像は記録されていましたが、ライーク閣下の姿がないのです。かわりに非常に奇妙な生物の映像がうつっていたのでして」ここで相手は声を落とし、「どこか深淵の騎士に似ているようにも見えます」

「見てみたい！」クラルトはしばし驚愕していたが、驚きを克服したのちに割れ声で命令した。「その映像を流せ！」

マローダーも好奇心をおさえきれず振りかえった。

下級領主の映像がテレカム・スクリーンから消え、かわりに姿かたちの異なる二生物の姿があらわれる。それを見て、かつてのアストラル漁師は思わずあえいだ。

そこにうつっていたのは領主判事クラルトと、かれ自身のほんとうの姿だったのだ。ギフィ・マローダー、すなわちモジャその人である。

クラルトは驚いて叫び声をあげ、文字どおり跳びあがって〝領主判事ライーク〟からはなれた。

「いったいどういうことだ？」だみ声が裏がえっている。「きみはライークじゃない。怪物だ！」

「ペルウェラにかけて！」マローダーはにやりとしたのち、ため息をついてクラルトをにらんでみせた。「まったく哲学者ってのは世間知らずだな！」そういいながら、心のなかで全宇宙の哲学者たちに謝罪する……戦略的な理由とはいえ、悪くいってしまって申しわけない。「わからないのか？　わたしは怪物なんかじゃない。それに、われわれの前に転送機に入った無資格者もそうではない」

「だったら、なんだというのだ？」クラルトが興奮して大声を出す。

「マジックミラー作用だよ。映像記録装置がいかれた……いや、故障したのさ。たぶん、転送機に入った無資格者が、不具合をもたらすようなオーラかなにかを放射したのだろう。とにかく、そのせいで映像が歪曲されたのだ」

「ほんとうか？」と、クラルト。震えながらテレカムに向きなおり、下級領主にたずねる。「そうしたことがほんとうにありうるのか？」

「あたりまえだ！」と、マローダー。「ただし、あの愚鈍な領主五名が映像記録に細工したというなら話はべつだが」

この言葉は期待どおりの効果をあげた。

「おおいにありえます、閣下」と、山要塞の領主が答える。「映像記録装置を交換しましょう」

クラルトはほっと息をつき、マローダーに小声でいった。

「すまなかった、ライーク。どうやらわたしは、自分で思った以上に神経がまいっているようだ」

やがて、ふらつくからだを立てなおす。

ふたりは転送室から反重力シャフトで下降。シャフトを出たところで一装甲グライダーに乗りこんだ。ブルーグレイの機体に藤色のシンボルマークがついている。パイロットは、グレイの棒一ダースを組み合わせたような外見の生物だ。

数秒後、グライダーは転送機ドームの土台から飛び立った。二十キロメートルほどはなれると、鏡のようになめらかな赤錆色の卓状地が見えてくる。高さはすくなくとも千メートルありそうだ……

＊

「すばらしい眺めだな！」マローダーは思わず口にした。

だが、それ以上はなにもいわないようにする。どんな風景も〝領主判事ライーク〟にとっては見慣れたものにちがいないから。たぶんこれが、ヴァジェンダとやらがある山地なのだろう。ラーチがこの場にいないのが悔しくてならない。あのワシミミズク頭の奇妙な男なら、必要な知識をあたえてくれただろうに。

パイロットが棒のようなからだの位置をすばやく移動させ、グライダーを上昇させた。危機一髪だった。ななめ左から卓状地のほうに向けて、大型グライダーの群れが急接近してきたのだ。すくなくとも三百機はいる。

「空挺部隊だ」クラルトがコメントし、だみ声でパイロットに命じた。「グルケ、ヴァジェンダ王冠に向かって飛行し、深淵の騎士を探せ！」

パイロットは反応しない。そのまま頑固に飛びつづけていくように見える。

「機嫌が悪そうだな。すっぱいキュウリ《グルケ》でも食ったのか」と、マローダー。用心してインターコスモを使ったので、クラルトからはうさんくさい目でちらりと見られただけですんだ。

しばらくすると、グライダーは高度を落とした。下を見ると、巨大な卵形物体が十キロメートルほどはなれていくつもならび、輪をつくっているのがわかる。卵の先端は十キロメートルはなれたところにある卓状地の高さにまでおよんでいた。マローダーはなぜか卵が金色の輝きを連想させるように思ったのだが、それらは輝いてはおらず、鈍いグレイの色をしている。

「光が消えている」クラルトが陰険な口調でいった。「ヴァイタル・エネルギー貯蔵庫がこうだから、ヴァジェンダのヴァイタル・エネルギーもすべて消えるだろう。時空エンジニアがヴァイタル・エネルギーを光の地平に引きこんでいるのだ。かれら、そうすることで、知らずにわれわれに手を貸してしまったのだが」

「ほう！」と、マローダー。

やがてグライダーは卓状地の周縁部を飛びすぎた。眼下にひろがってきたのは、煙と塵《ちり》になかばおおわれた廃墟の風景だ。燃えあがる瓦礫《がれき》の山がそこかしこに見える。ここで恐ろしい戦いがくりひろげられたにちがいない。瓦礫のなかを巨大な黒い戦闘マシンが何千と行き来し、ときおりあらわれるロボットに向けて発砲している。

「あそこに深淵の騎士がいたのか？」マローダーはぞっとして訊いた。

「そうだ」と、クラルト。「ガラス迷宮に逃げこんだが、こちらは知っていて見逃した。かれら、先には進めない。影法師軍に追いかえされ……まさにわれわれの腕のなかにもどってくるだろう。そして降伏するにちがいない。わたしが考えているとおりにかれらが賢明ならば、こちら側に寝がえるはず」

マローダーはなにもいわなかった。深淵の騎士が領主判事の思いどおりに降伏することはけっしてないと信じたかった。とはいえ、状況がほぼ絶望的だというのもわかっている。

　黙ったまま、外の観察をつづけた。

　グライダーは瓦礫の野を飛びすぎると、高度をあげ、色鮮やかなクリスタルでできたぎざぎざの構造物の上を疾駆した。あれがガラス迷宮だろう。だが、ここでは戦いの形跡は見られない。

　五百キロメートルほど行くと、またちがう風景があらわれた。ところどころ金色の濃い霧がかかっているので、はっきりとは見えない。霧におおわれた領域とガラス迷宮の境界付近に、例の巨大な卵形物体が隙間なくならんで輪になっているのがわかるだけだ。卓状地の手前で見たものと同じである。クラルトはたしか〝ヴァイタル・エネルギー貯蔵庫〟といっていた。

　ただし、ここでは卵は鈍いグレイでなく、明るい金色の光を発している。

「回頭しろ、グルケ！」クラルトはがなりたてると、シートのなかでからだを折り曲げた。まるで痛みに苦しんでいるように。

　パイロットがしたがう。グライダーはカーブを描いて方向転換し、ガラス迷宮を通りすぎた。瓦礫の野を通過しようとしたとき、クラルトが文句をいった。

「深淵の騎士を探せといっただろう！　かれらはどこにいるのだ、グルケ？」

「まだガラス迷宮のなかです」パイロットが答える。おそらくヘルメット間通信の内容を傍受したのだろう。「ですが、先には進めないでしょう。影法師軍が攻撃してきますから」

「そのようすを見たいものだな」クラルトが割れ声を出す。

「わたしもだ」マローダーは震える声で応じた。

10

われわれは二前線にはさまれることになった。

入ってきた方向からはグレイ軍団の先遣隊が追ってくる。駆除部隊はわたしが指示したとおり、致死性の武器を使っていないため、行動の自由を大幅に奪われていた。パラライザーの麻痺ビームでは、敵の防御バリアに太刀打ちできないのだ。

むろん駆除者たちも、あれこれ手段をためしてはいた。分子破壊銃で穴を掘ったり、インパルス・ビームで眩惑したり、ヴァイブレーションやインターヴァルに調整した笏を使ってクリスタル塊を倒壊させたりして、攻撃者たちのじゃまをしようと工夫を凝らしたもの。

これらはかなり効果があった。だが、しょせん時間稼ぎにすぎない。われわれはすこしずつ追いつめられていった。

テングリ・レトス＝テラクドシャンとジェン・サリクとわたしは、ティラン防護服の手首にひそませた武器システムを同時に投入して、いくらか余裕をつくることができた。

暗示効果のある武器を使って、一度に百名ほどの敵の戦意を奪うことにも成功。平和な気分になったかれらは武器を投げ捨て、そのメンタリティにふさわしく逃げだしたり、暗示作用をまぬがれた仲間に戦闘中止を呼びかけたりした。

とはいえ、これもまた焼け石に水だった。

それでもわれわれの前に、いわゆる影法師軍がつくる第二の前線が形成されていなければ、事態は半分も悪くならなかっただろう。最初の攻撃がはじまったのは、敵のグライダーが不時着したときだ。われわれの目の前でテラナーからグレイの領主に変身した生物は、逃げきれずに不運な最期を遂げたもの。そのあと、この奇妙な影法師があとからあとから出現し、仮借なき戦いをくりひろげている。

最初に遭遇したさいに使っていた弾丸兵器のみならず、レーザー銃、分子破壊銃、ブラスター、インターヴァル兵器など、あらゆる手段を投入して悪魔のごとく攻撃してくるのだ。

「自陣の損害をまったく考慮しない、まるで狂犬のような戦い方だな。なぜかれらがこうした挙に出るのか、理由を知りたい」わたしはサリクとレトスにそう告げる。友ふたりとともに血路を開いて、カグラマス・ヴロトとフォルデルグリン・カルトを救いだそうとしているところだ。ジャシェム二名は高慢と思慮のなさゆえに、まずい状況におちいっていた。

駆除者五名とともに奥へと進攻しすぎて、敵の強大な勢力にかこまれてしまったのである。すぐに救いださないと、一巻の終わりだ。

「用心のうえにも用心を!」ドモ・ソクラトの声がヘルメット・テレカムに聞こえてきた。「わたしのことは当てにしないでもらいたい。クリオが窮地にあるし、つむじ風は姿が見えなくなった」

「つむじ風はテレポーテーションした」レトスが答える。「ガラス迷宮の奥のほうがどうなっているか知りたいといってな」

「クリオの状況はどうだ、ソクラテス?」と、わたし。「応援が必要か?」

「わたしひとりでなんとかなる」ハルト人が応答した。「ただ、あなたがたを援助できないというだけだ」

「こっちへ!」ジェン・サリクが叫んだ。

最初、わたしとレトスに呼びかけたのかと思ったが、サリクが合図した相手は十二名の駆除者だった。大駆除者もいる。かれらの協力があれば、ジャシェム二名を解放できるだろう。

駆除部隊はわれわれの近くで掩体をとった。

「わが部隊はヴァジェンダ卓状地に着陸してから百名ほどの戦士を失った」と、大駆除者が告げる。「多くは狂ったロボットの犠牲になり、あとはグレイ軍団の先遣隊と影法師たちにやられてしまった」

わたしはなんと言葉をかけたらいいか、わからなかった。われわれのだれも、駆除部隊がまったく無傷で戦いの場から逃げおおせるとは思っていなかった。それは幻想だ。それでもやはり、知性体百名の死をとりつくろえるような論拠はどこにもない。駆除部隊は結局は戦って死ぬために結成されたのだからというつもりも、毛頭なかった。二重基準はわが主義に反する。だからわたしは困惑と怒りをおぼえたまま、黙っていた。いったいだれに対しての怒りなのか、このとき訊かれても答えられなかっただろう。

「いまはこちらが優勢です」サリクがいった。「ちょうどいま、ジャシェムと援護隊がまた影法師の攻撃をしりぞけました」

わたしはひと目で状況を把握してうなずくと、攻撃の合図を出した。

全員、かくれ場から飛びだす。ジャシェムの防衛陣地を包囲していた影法師たちが反撃を受けて掩体にもどろうとしたタイミングを見はからい、襲いかかった。

わたしは無意識のうちに思考命令で、鏃《やじり》のかたちの武器をふたたび暗示モードに切り替えていた。はじめて影法師に向けて武器を投入し、命中した相手の反応を見たときようやく、暗示モードだったことに気づく。敵がいきなり半透明になり、熱を帯びたように内側から輝いたのだ。そのあとティランの測定値を呼びだしてみて、自分がなにをしたのか知った。

それでも、なぜ暗示ビームが影法師軍にだけこのような作用をおよぼすのか、このときはまだわかっていなかった。かれらは〝影法師〟という奇妙な名前で呼ばれてはいるが、けっして幻影などではなく、ふつうのからだを持った知性体だったから。

だが三分ほどのあいだ、この現象について頭を悩ませてはいられなくなった。相手の増援部隊に攻撃を阻まれて、身動きできなくなったのだ。前にもうしろにも敵が押しよせ、致死性のエネルギー・ビームがあたりを飛びかっている。

それが突然、すべて終わった。

レトスとジェンとわたしはジャシェム二名のそばに身を伏せると、しばらくのあいだは安全だろうと判断し、個体バリアのスイッチを切った。百五十名ほどの駆除部隊が左右から押しよせてきて、二百メートルの幅にひろがった影法師たちを三百メートル以上はなれた場所まで撃退している。

「もうこれ以上がまんできんぞ」フォルデルグリン・カルトが相いかわらず尊大な口調で、「〝かれ〟が思うに、あなたたちの戦い方はやる気がなさすぎる」

「われわれは戦いに執着していない！」と、怒っていいかえした。

ジャシェムがなにか反論したが、わたしは聞いていなかった。このとき発見した現象に、すべての注意を奪われたのだ。

さっき遭遇した影法師が戦闘不能になったと、いまのいままで思っていた場所で、半透明の姿がますます強く輝いている。それがしだいに薄くなりはじめ、ついには完全に消えてしまった。

「どういうことだろう?」と、レトスに訊いてみる。通常の探知システムでは解くことのできない謎でも、かれならコンビネーションの半有機ネットワークを使って、いちはやく解明できるかもしれない。

レトスはしばらく目を閉じていたが、やがてまた開くと、

「最初からもっとよく考えていればよかった」と、小声でいった。「〝影法師軍〟という名がすでに示唆《しさ》していたのだ。あの生物はたしかに肉体を持つが、ほんものの知性体ではない。一種のホログラムが実体化したものだ」

「プロジェクションいうことですか? あなたと同じ?」サリクだ。

レトスはおだやかにほほえみ、

「かれらはわたしともきみとも同じではない、ジェン」と、説明した。「われわれは自立した存在だ。なによりも、肉体と意識が一体化している。ところが、影法師たちはそうではない。かれらの肉体は意識を有しているのでなく、意識によって遠隔操作されているのだ」

「やはりな!」わたしは声を張りあげた。「だからあれほど躊躇なく戦えるのか。肉体が消えても意識はどこかに生存しているわけだから、死を恐れる必要がない。おそらく、

いつでもあらたな実体ホログラムをつくりだせるのだ」

「ずいぶんうれしそうだな」カグラマス・ヴロトが口をはさむ。

「あたりまえだろう！」わたしは勢いこんで、「たとえ影法師を消しても、相手を殺したことにならないのだぞ。結果的に、良心の痛みを感じることなく防御できるというもの」

「それはしかし、新しい敵がいくらでも生まれてくることにもなる」大駆除者はがっかりしたようだ。「こちらが全滅するのも時間の問題だ」

わたしは頭をあげて掩体の外を見わたし、かれの陰鬱な予言が裏書きされたのを見てとった。

背後からはグレイ軍団の先遣隊が迫り、前方では影法師軍がますます数を増して、われわれの動ける余地はしだいにすくなくなっている。こんどこそ、死を逃れる手段はないように思えた……

あとがきにかえて

鵜田良江

宇宙英雄ローダン・シリーズのドイツ語版は、コロナ禍のなかでも休みなく毎週発行されていた。これを書いている時点の最新刊は、二〇二〇年七月二十四日発売の三〇七五巻『啓示主義者の警告（*Die Warnung der Signatin*。以下、すべて未訳のため日本語タイトルは仮題）』である。電子書籍版巻末の案内によると、現在プロット作家を務めているのは、ヴィム・ファンデマーンとクリスチャン・モンティロンの二名。ほかに、レオ・ルーカスやミシェル・シュテルンなど、合計十一名の執筆者がいるそうだ。ここに名前をあげた四人の作家は、日本版のローダンＮＥＯシリーズでも個性的なスタイルを披露している。ＮＥＯシリーズを未読の方も、一度手にとってみられてはいかがだろうか。

さて、このようなレギュラー執筆陣のほかに、スポット的に参加する作家もいて、

「ゲスト作家」と呼ばれている。そのひとりが、二〇二〇年のクルト・ラスヴィッツ賞長篇小説部門を受賞した『ペリー・ローダン——最大の冒険（*Perry Rhodan - Das größte Abenteuer*）』の著者、アンドレアス・エシュバッハである。さらにもうひとり、ドイツ語圏を代表するSF作家がゲスト作家に名を連ねている。三〇〇五巻『人類のゆりかご（*Wiege der Menschheit*）』を執筆した、アンドレアス・ブラントホルスト（Andreas Brandhorst）だ。

残念ながら邦訳作品がないので、経歴をご紹介したい。一九五六年、ドイツのノルトライン＝ヴェストファーレン州、つまり当時の西ドイツで生まれている。三十年ほどイタリアで暮らしていたが、現在はドイツ在住とのこと。少年のころにローダン・シリーズと出会い、島の王のアンドロメダ・サイクル（日本版一〇〇～一五〇巻）や、けだものが登場する三〇〇巻台（日本版一五〇～二〇〇巻）に、とくに魅了されたそうだ。一九八〇年ごろ、アンドレアス・ヴァイラー（Andreas Weiler）名義で週刊小説シリーズ『テラ宙航士（*Terranauten*）』の執筆に参加している。その後二〇〇三年から本格的にSF長篇小説を書きはじめるまで、スター・トレック・シリーズやイギリスの作家テリー・プラチェットなどの翻訳を手がけていた。これまでに発表された作品は二十冊をこえていて、二〇一六年には『船（*Das Schiff*）』でクルト・ラスヴィッツ賞とドイツSF大賞をダブル受賞するなど、多数の受賞歴がある。さらに、二〇一七年に発表された

『覚醒（*Das Erwachen*）』はシュピーゲル・ベストセラーに輝いた。

十歳ごろにテレビ番組『宇宙パトロール・オリオン（*Raumpatrouille Orion*）』（一九六六年放送。宇宙船オリオン号の冒険を描いた西ドイツのドラマシリーズ。動画はドイツ語タイトルで検索を）を見てSFに夢中になり、早くも十二、三歳で小説を書きはじめたという。『覚醒』を構想中に受けたインタビューでは「（この作品は）宇宙とは関係ない」と語っていたにもかかわらず、蓋を開けてみれば宇宙船を登場させていた。このあたりからも、スペースオペラへの愛情のほどがわかろうというものである。

『覚醒』では文字通りに人工知能の「覚醒」が描かれていて、『船』の舞台は人工知能に支配された世界だ。人工知能、あるいは機械知能に敗北しても希望を失わない人間たちの姿は、松本零士の『銀河鉄道999』や『宇宙海賊キャプテン・ハーロック』などを彷彿とさせる。これらの作品をリアルタイムで楽しんできた世代であれば、懐かしい印象を受けるかもしれない。あるインタビュー（http://buchwurm.org/interview-brandhorst-2/）でアンドレアス・ブラントホルストは、「中心にあるのは常に人間の夢と希望だ」と語っていた。

ドイツ語圏のSF小説のなかには、ありったけの知識をもりこみ、教科書のように感じられるものもないではない。この点、ブラントホルストの作品は肩の力を抜いて楽しむことができるものだ。地の文で理論的な背景を述べることを控え、テンポのいい会話で読者を引きこんでいく。全体にメランコリックな雰囲気があり、斜に構えたユーモアをたたえながら、「自由とは何か」「人工知能は神を信じるのか」といった哲学的な会話がさりげなく繰り広げられるあたりは、いかにもドイツ的だ。「ドイツ人＝哲学者」というのは、「日本人は毎日スシを食べて坐禅をしている」といったものと同じような偏見だとは思うけれど。

ところで、ブラントホスルトの作品に共通する重要なキーワードに「永遠の命」がある。右にあげたインタビューでは、「自分たちは死から逃れられない最後の世代になると確信している」とも述べていた。技術革新によって永遠の命の獲得は可能だと考えているとのこと。永遠の命が当然になった世界で、どのような問題が起きるのか、自分たちが大切だと思っているものや命に対する見方がどう変わっていくのか、そういったことに興味があるそうだ。いくつかのインタビューで、死をどうとらえているのかという質問に対して、死は途方もない消滅であり、長年の知識や経験が失われるのは不当だ、と答えていた。

また、多くの作品にキャラクター化された人工知能が登場する。『覚醒』では敵対者として、『船』では庇護者、搾取者として、二〇一九年発表の『星々のネットワーク（*Das Netz der Sterne*）』ではパートナーとして。いかにも人間のようにふるまい、情報処理能力では人間を凌駕している人工知能たちだが、機械ゆえの弱点も持つ。そのような相手と接触し、闘う登場人物たちの姿は、「人間とは何か」を考える契機にもなるだろう。

二〇二〇年十月には、『覚醒』の続篇『エスカレーション（*Das Eskalation*）』の刊行が予定されている。さらに二〇二一年一月には、『覚醒』で火星に向かっていた宇宙船のその後が描かれた『マース・ディスカバリー（*Mars Discovery*）』も出版されるそうだ。『覚醒』で全能に近い強さを見せつけた人工知能が、どこまでエスカレートしたのか、人間がどうやって勝ち目のない戦いに挑んでいくのか、楽しみなところである。

最後になってしまったが、訃報が入った。一五三巻の後半『戦艦《オマゾ》絶体絶命』などを執筆したコンラッド・シェパードが、二〇二〇年七月一日に亡くなられたそうだ。享年八十二。ご冥福をお祈りしたい。

書架の探偵

A Borrowed Man

ジーン・ウルフ

酒井昭伸訳

図書館書架に住むE・A・スミスは、推理作家E・A・スミスの複生体《リクローン》である。生前のスミスの記憶や感情を備えて、図書館に収蔵されているのだ。そのスミスのもとを謎を携えた令嬢コレットが訪れた。彼女はスミスの著作が兄の死の鍵を握っていると考えていた。巨匠ウルフによるSFミステリ。　解説／若島正

ハヤカワ文庫

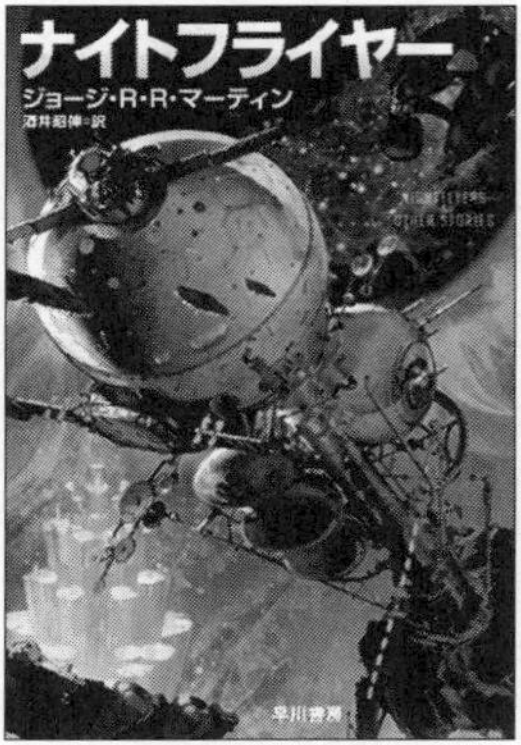

ナイトフライヤー

Nightflyers and Other Stories

ジョージ・R・R・マーティン

酒井昭伸訳

異種生命ヴォルクリンと接触するべく、9人の研究者を乗せて旅立った宇宙船〈ナイトフライヤー〉を描く表題作、異星を訪れた2人の超感覚能力者を、ドラマティックに描いたヒューゴー賞受賞作「この歌を、ライアに」、初訳作品3篇など、SF／ファンタジイ界を代表する作家の傑作全6篇を収録。解説／堺三保

ハヤカワ文庫

〈ローダンNEO①〉

スターダスト

PERRY RHODAN NEO　STERNENSTAUB

フランク・ボルシュ
柴田さとみ訳

二〇三六年、スターダスト号で月基地に向かったペリー・ローダンは異星人の船に遭遇する。それは人類にとって宇宙時代の幕開けだった……宇宙英雄ローダン・シリーズ刊行五〇周年記念としてスタートした現代の創造力で語りなおすリブート・シリーズがｔｏ：ｉ８のイラストで遂に日本でも刊行開始　解説／嶋田洋一

ハヤカワ文庫

〈ローダンNEO②〉

テラニア

PERRY RHODAN NEO　UTOPIE TERRANIA

クリスチャン・モンティロン

長谷川圭訳

ローダンは月で出会ったアルコン人を地球に招く。彼らの高度な技術の地球への影響を懸念したローダンは、ある考えのもと祖国アメリカを捨て、ゴビ砂漠に着陸しエネルギードームを展開して立て籠もった。だがバイ・ジュン将軍率いる中国軍が彼らを確保するべく包囲し、一触即発の局面となる……シリーズ第二弾！

ハヤカワ文庫

〈ローダンNEO③〉

テレポーター

PERRY RHODAN NEO　DER TELEPORTER

レオ・ルーカス

鵜田良江訳

ゴビ砂漠に独立都市テラニアの建国を宣言したローダンは、中国軍が包囲するエネルギードームの内側に、都市の建造を開始した。だがクレストの病状が悪化し、彼を地球の医者に診せる方法を模索する。一方、殺人事件に関与したとされ警察に追われるマーシャルらは、次第にミュータントの力に目覚めはじめる……

ハヤカワ文庫

ユナイテッド・ステイツ・オブ・ジャパン（上・下）

United States of Japan

ピーター・トライアス
中原尚哉訳

第二次大戦で日独が勝利し、巨大ロボット兵器「メカ」が闊歩する日本統治下のアメリカで、帝国陸軍の石村大尉は特別高等警察の槻野とともに、アメリカが勝利をおさめた歴史改変世界を舞台とする違法ゲーム「USA」を追うことになるが――二十一世紀版『高い城の男』と呼び声の高い歴史改変SF。解説／大森望

ハヤカワ文庫

HM=Hayakawa Mystery
SF=Science Fiction
JA=Japanese Author
NV=Novel
NF=Nonfiction
FT=Fantasy

宇宙英雄ローダン・シリーズ〈624〉

ヴァジェンダへの旅《たび》立《だ》ち

〈SF2296〉

二〇二〇年九月 十 日 印刷
二〇二〇年九月十五日 発行

著者 H・G・フランシス
H・G・エーヴェルス

訳者 鵜《う》田《だ》良《よし》江《え》
星《ほし》谷《や》馨《かおり》

発行者 早川 浩

発行所 株式会社 早川書房
郵便番号 一〇一 - 〇〇四六
東京都千代田区神田多町二ノ二
電話 〇三 - 三二五二 - 三一一一
振替 〇〇一六〇 - 三 - 四七七九九
https://www.hayakawa-online.co.jp

（定価はカバーに表示してあります）

乱丁・落丁本は小社制作部宛お送り下さい。
送料小社負担にてお取りかえいたします。

印刷・信毎書籍印刷株式会社　製本・株式会社川島製本所
Printed and bound in Japan
ISBN978-4-15-012296-6 C0197

本書のコピー、スキャン、デジタル化等の無断複製
は著作権法上の例外を除き禁じられています。